VOYAGE

DE

CHARLES QUINT

PAR LA FRANCE

POÈME HISTORIQUE

DE RENÉ MACÉ

Publié avec *Introduction, Notes et Variantes*

Par Gaston Raynaud

Se trouve

A PARIS

Chez Alphonse PICARD, Libraire

rue Bonaparte, 82

M. D. CCC. LXXIX

PUBLICATIONS de M. GASTON RAYNAUD.

Étude sur le dialecte picard dans le Ponthieu, d'après les chartes des XIIIe et XIVe siècles. *Paris, Vieweg, 1876*, in-8° . . . . 5 fr.

(Ouvrage qui a obtenu une mention honorable de l'Institut au Concours des Antiquités nationales de 1877.)

Recueil général des fabliaux des XIIIe et XIVe siècles, imprimés ou inédits, publiés avec notes et variantes d'après les manuscrits (en collaboration avec M. Anatole de Montaiglon). *Paris, librairie des bibliophiles*, in-8° écu.

T. II, 1877. . . . . 10 fr.
T. III, 1878. . . . . 10 fr.

Aiol, chanson de geste, publiée d'après le manuscrit unique de Paris (en collaboration avec M. Jacques Normand, pour la *Société des anciens textes français*). *Paris, Didot, 1877*, in-8°. . . . . 12 fr.

Le mystère de la Passion, d'Arnoul Greban, publié d'après les manuscrits de Paris, avec une introduction et un glossaire (en collaboration avec M. Gaston Paris). *Paris, Vieweg, 1878*, gr. in-8°. . . . . 25 fr.

Inventaire sommaire des dépêches des ambassadeurs vénitiens relatives à la France, déposées au département des manuscrits de la Bibliothèque nationale. *Paris, Picard, 1878*, in-8°. . . . . 0 fr. 75

Le chansonnier Clairambault de la Bibliothèque nationale. *Paris, Champion, 1879*, in-8° . . . . 2 fr.

VOYAGE DE CHARLES-QUINT

PAR LA FRANCE

Tiré à petit nombre, dont :
Deux exemplaires sur peau de vélin d'Augsbourg,
Vingt sur papier de Chine,
Et vingt sur papier de couleur.

DE L'IMPR. DES ÉDITEURS
BONNEDAME ET FILS
A ÉPERNAY

VOYAGE

DE

CHARLES-QUINT

PAR LA FRANCE

POÈME HISTORIQUE

DE RENÉ MACÉ

Publié avec *Introduction, Notes et Variantes*

Par Gaston Raynaud

Se trouve

A PARIS

Chez Alphonse PICARD, Libraire

rue Bonaparte, 82

M. D. CCC. LXXIX

INTRODUCTION

I

De tous les poètes du XVIe siècle, René Macé, l'auteur du *Voyage de Charles Quint par la France*, est certainement aujourd'hui un des plus oubliés, bien qu'il ait eu son heure de gloire et de célébrité. Les auteurs, ses contemporains, n'ont pas manqué de lui décerner les épithètes les plus flatteuses; malheureusement ils n'ont pas prodigué de la même façon les détails biographiques sur son compte, et, en dépit de bien des recherches (1), nous devons

(1) Notre confrère M. de Fleury, ancien archiviste de Loir-et-Cher, a bien voulu, pour nous, faire aux Archives de Blois des recherches, restées infructueuses, dont nous le remercions vivement.

nous contenter des renseignements que nous donne d'une part la notice de Lacroix du Maine (1) et de l'autre *un seul* vers d'Antoine du Saix, que jusqu'ici on n'avait pas utilisé.

« René Macé Vandomois », nous dit Lacroix du Maine; notons à ce propos que la famille de René Macé était sans doute originaire de l'Anjou, où le nom de *René*, porté par saint René, patron d'Angers, et par le *Bon Roi*, a dû être très répandu; ajoutons de plus que la connaissance exacte que montre Macé de cette province et le soin qu'il a pris de lui consacrer un long poème, sont de fortes présomptions en faveur de l'origine *angevine* de notre poète. Le nom de Vendômois *(Vindocinensis)*, que nous voyons apparaître dans presque tous les manuscrits de ses ouvrages, lui vient donc, non pas de la ville où il naquit, mais bien du lieu où il prononça ses vœux, en devenant moine bénédictin de la Trinité de

(1) *Bibliothèque françoise*, éd. 1772-1773, II, 370. — Remarquons que la première édition de Lacroix du Maine a paru en 1584 : René Macé vivait en 1540, comme nous le verrons plus loin : le témoignage de Lacroix du Maine offre donc presque autant de garanties que celui d'un contemporain.

Vendôme (1). Lacroix du Maine ajoute : « surnommé le *Petit Moine*, chroniqueur du roi et son poète, homme fort estimé de son temps ».

Ces quelques lignes de Lacroix du Maine contiennent tout ce que les biographes ont dit de René Macé, aussi bien D. Liron (2) que l'abbé Gouget (3), qui le premier cependant a produit le témoignage contemporain d'Antoine du Saix. Antoine du Saix cite deux fois le nom de Macé ; c'est d'abord au commencement d'un de ses ouvrages, en faisant l'éloge des « maistres jurez et coronnez en l'eschole de Minerve, comme sont Sainct Gelais, *René Macé*, La Maison Neufve, etc... (4) » ; c'est encore dans une des pièces de vers qui font suite à son *Es-*

(1) C'est à tort que l'auteur (D. J. François) de la *Bibliothèque générale des écrivains de l'ordre de St Benoist* (II, 139) prétend que le Père Lelong fait *naître* René Macé à Vendôme. Le Père Lelong, dans sa *Bibliothèque historique*, lui donne simplement le nom de *Vendômois*.

(2) *Bibliothèque chartraine* formant l'unique vol. de la *Bibliothèque générale des auteurs de France*, 1719, p. 136-137.

(3) *Bibliothèque françoise*, XI, 375 et 390 ss.

(4) *La touche naïfve pour esprouver l'amy et le flateur, inventé par Plutarque*, etc., (1537). Dédicace au roi, fol. 7 v°.

peron de discipline (1). Dans ces vers, le poète ne ménage aucune flatterie à son confrère : il ne saurait, dit-il, passer sous silence « *le grand Renay Macé* »,

Celluy qui a tout le loz amassé,
Que jamais homme en Europe et Asie
Peust meriter par haulte poesie.

Souventes fois en la Cour Jupiter
Procès fut meu jusques au despiter,
Et tirer droiz du profond de l'aumaire,
Sur le combat de Virgile et de Homere,
Auquel des deuz pour tiltre glorieux
Appertenoit le nom victorieux :
Mais au rapport de son Huissier Mercure,
Comme vaincuz de combattre ils n'ont cure,
Depuis que au monde en estime a regné
L'excellent nom du triomphant Renay.

Si quelque loy ou statut canonicque
Semble a aulcun non entendent inicque,
Venez a luy a consultation :
Il en donrra l'interpretation,
Quoyque d'erreur sentence en soit vieillie.
Rithme a esté longtemps ensevelie,
Mais par Renay rare regnant renaist :
Car tel que luy vivant en terre n'est.
Dont pour aultant qu'il est en l'art unicque,
C'est l'escripvain de Royalle Cronicque
Du lys François que l'on consacre a Reims,
Tant que prieur il en est de Beaureins.

(1) Éd. 1531 (?), fol. signé N.

Nous savions déjà que Macé était chroniqueur du roi (Lacroix du Maine nous l'avait appris, et René Macé, dans le prologue de sa *Chronique en vers* faisant suite à celle de Guillaume Crétin, ne nous laisse aucun doute à cet égard); mais ce que nous ignorions, ce que l'abbé Goujet lui-même, tout en citant le vers, n'avait pas relevé, c'est que le *Petit Moine* de Vendôme eût été prieur de Beaurain. Beaurain (1) était alors un prieuré bénédictin, *à nomination royale*, dépendant de la grande abbaye de Marmoutier (2) : il n'est donc pas étonnant que le poète de Francois Ier, son chroniqueur ordinaire, appartenant du reste à l'ordre de St Benoît, ait été pourvu de ce bénéfice. Nous pouvons supposer d'ailleurs, d'après le dernier vers d'Antoine du Saix, que cette nomination de prieur suivit de très près celle de chroniqueur du roi, et qu'en succédant, en 1525 (3), à Guillaume Crétin, Macé prit en

(1) Département du Nord, canton de Solesmes.

(2) *Dictionnaire de Géographie sacrée*, I, col. 723, dans le XXVIIIe vol. de l'*Encyclopédie théologique* de la *Collection Migne*.

(3) R. Macé, dans une note mise en marge du *Voyage de*

même temps congé d'Antoine de Crevent (1), abbé de Vendôme, pour s'en aller administrer le prieuré de Beaurain.

A partir de cette époque, Macé a dû partager son temps entre son prieuré et sa charge d'historiographe royal ; nous le retrouvons, en 1540, année où il compose sur l'ordre de François Ier le *Voyage de Charles Quint par la France*. Nous le perdons dès lors de vue ; mais on peut supposer qu'il mourut peu de temps après, car il fut malade, comme il nous le dit (2), pendant le carême de 1540, et aucun de ses ouvrages ne se rapporte à une date postérieure. Quelle que soit du reste la date de sa mort, René Macé en avait assez fait, paraît-il, pour forcer l'admiration de ses contemporains. Ce n'est pas seulement le poète Antoine du Saix

Charles Quint par la France (v. 994, en note), nous apprend qu'il avait présenté le prologue de sa *Chronique* à François Ier revenant d'Espagne (mars 1526). Sa nomination de chroniqueur était donc antérieure à cette époque, et datait au moins de février 1525 (Bat. de Pavie), ce qui concorde avec la date attribuée jusqu'ici sans grandes preuves à la mort de Guillaume Crétin.

(1) *Mémoire pour servir à l'histoire de la Sainte Trinité de Vendôme*, p. 353-355, formant le tome II de l'*Histoire de Vendôme*, par l'abbé Simon, 1834, 3 vol. in-8°.

(2) Voy. v. 714, en note.

qui le loue comme un maître, c'est aussi Geofroi Tory, qui, s'inspirant de Properce, s'écrie (1) avec enthousiasme : « Arriere ! arriere ! autheurs grecz et latins : de René Massé naist chose plus belle et plus grande que le Iliade ». C'est aussi Germain Colin, qui, dans une Épître à Jacques Bouchet (2), parle du « françois » de Macé, qui

... est de telle prestance
Qu'il resplendit autant que le latin ;

c'est Bouchet (3), qui se défend de haïr Macé, lui reproche toutefois d'avoir médit d'un innocent, mais ne peut méconnaître sa valeur ; c'est Ronsard (4) enfin, qui, dans une ode supprimée par les éditions postérieures à 1550 (5), veut que ses vers témoignent la « gloire » de Macé et portent aux générations futures le nom célèbre de l'excellent poète.

(1) *Champ fleury...*, 1529, fol. III r°.

(2) *Epistres morales et familières du Traverseur*, 1545, fol. 45, r°.

(3) *Ibidem*, fol. 46 r° et v°.

(4) *OEuvres complètes*, 1857, II, 408-409.

(5) Cette suppression explique le doute que La Monnoye, dans la *Bibliothèque* de Lacroix du Maine, émet sur le témoignage de Ronsard relatif à Macé.

La critique moderne doit-elle ratifier les louanges que les contemporains prodiguaient à Macé ?

C'est là une question que le lecteur pourra résoudre lui-même en lisant le *Voyage de Charles Quint par la France ;* et l'appréciation qu'il portera de la valeur littéraire du *Petit Moine* sera sans doute la même que celle que nous donnons plus loin.

Quant aux autres ouvrages de Macé, que nous allons passer en revue, ils présentent sans exception ce mélange d'afféterie et de préciosité qui caractérise les poètes de l'école de Guillaume Crétin. Ces ouvrages, tous en vers et tous manuscrits, sont de deux sortes, latins et français :

OUVRAGES LATINS. — I. — Bibliothèque de Gotha, ms. sur parchemin de 37 feuillets (1). — Ce ms. porte le titre d'*Andias seu Elogium urbis Andes* et est dédié à Louise de Savoie,

(1) Ce ms. est analysé dans les *Beitræge zur æltern Litteratur...* par Fr. Jacobs et F. A. Ukert, Leipzig, 1834, I, 177-181. Il a été signalé par M. L. Delisle dans le *Bulletin de la Société de l'Histoire de Paris*, II (1875), p. 23.

mère de François Ier. C'est un poème en distiques latins, divisé en trois parties, où Macé, aprés avoir parlé de la fondation des villes de Vendôme et d'Angers, passe en revue les beautés de l'Anjou, la qualité de ses vins, la grâce et la sagesse de ses femmes ; il vient ensuite à dire les actions de ses grands hommes, avec une chaleur qui ne convient qu'à un Angevin, et termine en faisant l'éloge de St Maurice d'Angers, qu'invoquent les femmes stériles :

O quotiens illum votis precibusque vocavit!
    O quotiens humiles obtulit Anna manus!
Anna suo cupiens innatum ducere regem
    Gignere, qui Gallum duceret imperium
At renuere preces cœlestia numina, Francus
    Non alio melius rege regendus erat.
Quam bene sub Franco Francisco Francia franca est,
    Principe sub Franco franca sit illa opus est.

Ces vers sont une délicate flatterie à l'adresse de Louise de Savoie, et font allusion à la stérilité d'Anne de Bretagne, qui permit à François Ier d'occuper le trône de France en 1515. La reine-mère, plus tard, n'oublia sans doute pas le *Petit Moine*, qui, dans le *Voyage de Charles Quint*, ne manque pas l'occasion de rappeler sa mémoire. Ce fait nous donne une date pour l'*Andias*, qui ne peut être antérieur à l'avénement de François Ier.

II. — Bibliothèque nationale, ms. lat. 8417 (anc. 6517). — C'est un ms. sur velin qui comprend, en vers de tout mètre, des *Élégies*, des *Épigrammes* et des *Épîtres*. La première pièce, *Cupidinum elegia prima*, est dédiée à François Ier; les autres sont adressées à des personnages du temps, parmi lesquels nous remarquons seulement le poète *Robert Corbin* (1), dont Macé se dit l'*amicissimus* (2). Ces vers, la plupart assez élégamment tournés, ne sont guère que des réminiscences classiques, et la part de l'auteur est plus que minime dans leur composition.

Ouvrages français. — I. — Bibliothèque nationale, mss. fr. 4966 (anc. 6935[4]) et 2823 (anc. 8402[2]). — Ces deux manuscrits composent tout ce que nous avons aujourd'hui, à notre connaissance, de la *Chronique rimée* de Macé. L'œuvre de Guillaume Crétin, qui s'arrête à la

(1) Voy. Lacroix du Maine, *Bibliothèque françoise*, II, 382.
(2) Fol. 15 v° à 16 r°.

fin des Carolingiens, est contenue dans les mss. fr. 2817-2822 de la Bibliothèque nationale ; René Macé, après un long prologue où il parle de G. Crétin et de sa devise *Mieulx que pis*, continue dans le ms. 4966 la *Chronique rimée* depuis Hugues Capet jusqu'à la fin du règne de Robert (1). Vient ensuite une assez longue lacune, le ms. 2823 (P. Lelong, n° 16677) ne commençant qu'à la mort de Louis-le-Gros et ne comprenant que le règne de Louis-le-Jeune (2). Macé avait-il composé la partie de la *Chronique* qui s'étend entre la mort de Robert et celle de Louis-le-Gros? Cela est évident ; il avait même poussé son œuvre beaucoup plus loin, car d'une part, nous lisons à la fin du ms. 2823 : « J'ay escript de la suytte de ceste hystoire jusques aux guerres de Philippes de Valois et des Anglois et j'ay commencé a Huc Capet » ; et de l'autre, une allusion faite en marge d'un ms. du poème

(1) Une note de Duchesne sur la garde du ms. 4966 attribue à tort l'ouvrage à Guillaume Crétin : les premiers vers du *Prologue* nous disent au contraire que l'auteur a « ensuivy le chemin » de Crétin.

(2) Une copie de cette partie de la *Chronique* se trouve encore à la Bibl. nat., coll. Dupuy, vol. 564, fol. 27 r° à 42 r°.

que nous publions (1) nous prouve que l'œuvre de Macé devait comprendre le règne de François Ier au moins jusqu'en 1540. Le Père Lelong semble du reste (n° 15699) avoir eu sous les yeux cette fin de la *Chronique*.

II. — *Voyage de Charles Quint par la France.* — C'est le poème objet de cette édition, que nous étudions séparément au chapitre deuxième de cette *Introduction*, et dont les mss. sont décrits au chapitre troisième.

Telle est l'œuvre de Macé, telle du moins que nous la présentent les manuscrits qui sont à notre disposition ; mais les ouvrages qu'il a composés ont dû être en nombre bien plus considérable, comme on peut le supposer d'après différents indices. C'est ainsi qu'au v. 1001 du *Voyage de Charles Quint*, Macé parle d'une *épigramme*, que nous n'avons pas retrouvée dans les manuscrits (2). De même Geofroi Tory, dans son

(1) Voy. v. 1483, en note.

(2) Macé cite en marge une épigramme d'Alciat sur le ravissement de Ganimède (voy. v. 1001, en note), et ajoute qu'il a donné, lui aussi, une interprétation de ce ravissement « en l'epigramme commençant : « *Ganimedes en ung champ.* »

Champ fleury mentionné plus haut, met sur le compte de R. Mace une méprise relevée ailleurs (1), d'après laquelle Dante et les frères Greban auraient vécu à la même époque. Un moment nous avons cru être sur la trace de cette erreur, car nous voyons dans l'*Index auctorum* de Du Cange (2) indiqué sous le nom de *Renatus Vindocinensis* le ms. de la Bibliothèque du roi n° 1069. Ce ms., qui a porté le n° 10149 dans l'inventaire de Clément, et actuellement a le n° latin 5896 dans le catalogue imprimé, est une *Histoire de Florence*. Florence et Dante, ces deux noms s'expliquaient l'un par l'autre ; malheureusement, après vérification, le ms. latin 5896 n'est autre que l'*Histoire de Florence* de Leonard Bruni d'Arezzo (3), mort en 1444 et n'ayant pu jamais connaître les Greban. Ce sont donc deux ouvrages inconnus à ajouter à la liste de ceux de Macé, le premier auquel renvoie Geofroi Tory,

(1) Voy. l'*Introduction*, p. XIII, du *Mystère de la Passion* d'Arnoul Greban, publié par Gaston Paris et Gaston Raynaud, Paris, Vieweg, 1878, gr. in-8°.

(2) Éd. Henschel, VII (1850), p. 419.

(3) Imp. *Strasbourg*, 1610, in-f°.

le second que Du Cange désigne par le n° 1069, sans doute fautif.

Pour finir, il nous faut parler d'une *Chronique rimée de Vendôme*, que M. Achille de Rochambeau a trouvée dans la collection Clairambault de la Bibliothèque nationale (1), et qu'il a attribuée à René Macé. Cette *Chronique*, que M. de Rochambeau a publiée (2), se termine, il est vrai, à une époque où Macé vivait encore ; mais rien ne peut faire supposer qu'elle soit son œuvre, et le nom de Vendôme ne suffit pas, à notre avis, pour faire attribuer au chroniqueur de François Ier la paternité de cet ouvrage, dont le style ne ressemble que peu à celui du *Voyage de Charles Quint* (3).

(1) Clairambault, 1160, coll. St-Esprit, 50, fol. 127 à 154 r°.

(2) *Galerie des hommes illustres du Vendômois. René Macé*, 1869, in-8°.

(3) Cette première partie de l'*Introduction* a déjà été publiée dans le *Cabinet historique*, XXIV, 166-176 ; nous ne l'avons modifiée que très légèrement.

II

Le passage de Charles-Quint par la France en 1539-1540 fut certainement un des gros événements du milieu du xvie siècle. Nous n'avons point à envisager ici le côté historique et politique de ce voyage; la plupart des historiens qui se sont occupés de cette époque n'ont pas manqué de traiter la question à ce point de vue, et tout dernièrement encore M. Ch. Paillard a fait (1), d'après les documents originaux, une étude intéressante, qui offre des vues nouvelles sur l'histoire des rapports entre la France et la maison d'Autriche au xvie siècle. Le poème que nous publions ne nous apprendrait du reste rien à cet égard : composé par l'historiographe du roi de France, sur l'ordre exprès de François Ier, qui voulait, comme nous le dit Macé (2), que

(1) *Revue des questions historiques*, XXV, 506-50.
(2) Voy. v. 714, en note.

« tous estatz feissent leurs debvoirs envers l'Empereur », c'est un morceau purement littéraire, plein d'intérêt et de vérité, quand l'auteur nous rend compte de faits, d'anecdotes, de conversations, dont il a été le témoin ou l'auditeur, mais aussi rempli de fantaisie, dans les cas fort nombreux où le poète ne parle que par ouï-dire. L'*Entrée à Paris* forme réellement le morceau de résistance du poème ; Macé glisse rapidement sur le reste, sur le passage à Bayonne, à Poitiers et à Orléans, où cependant de magnifiques réceptions furent faites à Charles-Quint, comme en font foi les imprimés de l'époque, destinés à populariser l'événement (1) : son but principal est de raconter les fêtes données à Paris. Aussi, à partir de Fontainebleau, il ne nous fait grâce d'aucun détail : les arcs de triomphe avec leurs devises, les tapisseries, le cortège des Princes du sang et du Légat, le défilé du Parlement, de l'Université, les costumes des « mignars de Paris », il nous décrit tout avec plaisir et se complaît dans ses énumérations. Chemin faisant le poète nous promène

(1) Voy. plus loin p. xxiv-xxvij.

dans le vieux Paris, et nous lui savons gré de citer en passant le nom de l'abbaye de Saint-Antoine-des-Champs, du Palais des Tournelles, de l'apport Baudoyer ou porte Baudet, des rues de la Coutellerie et de la Vannerie, de la Planche Mibray, du Palais de Justice et finalement du Louvre. Macé ne se contente pas de décrire ; il fait parler aussi ses personnages, et le dialogue qu'il rapporte entre l'Empereur et un marchand Flamand est d'une bonhomie charmante ; c'est peut-être le passage du poème le plus moderne et le mieux réussi. Macé nous le fait voir, ce gros « espicier, de noir tout veloutté », bien heureux que l'Empereur veuille lui parler, et se mettant hors d'haleine pour suivre le pas du cheval impérial ; la mise en scène est simple et naturelle, le tableau est vrai et vivant. Nous retrouvons la même vérité dans les paroles qu'échangent Marguerite de Valois et Éléonore d'Autriche (1), ainsi que dans le discours que Macé met dans la bouche de Louise de Savoie, à laquelle il avait dédié autrefois son *Andias* (2).

(1) Voy. v. 653-680.
(2) Voy. v. 332-422.

Malheureusement les éloges qu'on peut adresser à René Macé s'arrêtent ici : comme composition, comme style, comme langue, le *Voyage de Charles Quint par la France* est plus que médiocre. C'est un fatras poétique, où se heurtent les légendes chrétiennes et les fables de la mythologie grecque et romaine ; et malgré le grand désir de l'auteur de composer suivant les règles de la bonne rhétorique un poème tout classique, on ne peut que déplorer cette recherche prétentieuse d'expressions et de tours de phrases, qui rendent parfois la pensée incompréhensible. La langue de Macé n'a rien de remarquable ; ici aussi l'influence de l'antiquité se fait sentir dans tous les vers, qui abondent en mots savants, entremêlés parfois de néologismes comme *deiffier* (1) ou comme *pierrie* (2). Le pastiche du « gergon de la table ronde (3) » n'est pas non plus très heureux et fait bien voir que notre auteur connaissait beaucoup mieux les littératures grecque et latine que l'ancien français. Virgile et Homère sont du

(1) Voy. v. 768, en note.
(2) Voy. v. 1516, en note.
(3) Voy., 1156, en note.

reste les modèles que Macé a toujours en vue, et les citations qu'il en donne sont nombreuses dans ses manuscrits (1). Pline l'Ancien est aussi mis à contribution par notre poète, puis Pindare, Diodore de Sicile, S. Augustin, et parmi les modernes de son temps Jean de Hantville et Baptiste le Mantouan. Tous ces noms sont cités par Macé. Il en est d'autres qu'on peut rétablir d'après les emprunts qu'il fait aux auteurs, Claudien, par exemple, dont un vers est traduit presque littéralement au v. 777 :

> Plus on est hault, plus on trebuche bas !

et Robert Gaguin, dont est reproduite l'opinion relative aux trois *grenouilles* de l'étendard des Scythes, opposées aux trois crapauds qui ont précédé les fleurs de lys dans les armes de France (2).

Tel qu'il est, et malgré des imperfections de toute nature, le poème du *Voyage de Charles*

(1) Nous avons reproduit en note de cette édition la plupart des remarques ou citations qui se trouvent en marge du *Voyage de Charles Quint* dans le ms. de Paris.

(2) Voy. v. 504, en note. Cf. à ce sujet une note très explicite de M. Paul Meyer dans le *Debat des herauts d'armes*, Paris, 1877-1879), p. 159-60.

Quint par la France méritait d'être publié, car non seulement il nous fournit quelques aperçus sur la société et la cour de François Ier, aperçus qu'un témoin oculaire pouvait seul nous donner, mais il nous permet encore, grâce aux notes que l'auteur a jointes à son ouvrage, d'étudier la manière dont au XVIe siècle les poètes patentés et consacrés grands hommes par leurs contemporains composaient et écrivaient les œuvres qui leur ont valu une réputation, à notre avis souvent bien usurpée.

III

Les manuscrits qui nous ont servi pour cette édition sont au nombre de deux.

Le premier porte dans le fonds français des mss. de la Bibliothèque nationale de Paris le n° 14992 ; c'est un petit volume, écrit sur vélin, de 230^{mm} de hauteur sur 165 de largeur. Il est incomplet à la fin, car le 45e et dernier feuillet, contenant les v. 1693-1700, a été déchiré. Ce ms. appartenait autrefois à Monsieur de Villayer, « doyen du Conseil », qui a écrit en tête la note suivante : « Acheté le 28e aoust 1738, 4[lt] ». Antérieurement il avait pour possesseur René Thevenin, dont le nom est imprimé en lettres d'or sur un des plats de la reliure, qui est du temps. C'est ce ms. dont nous avons presque partout suivi les leçons, employant seulement le deuxième pour corriger les fautes évidentes.

Ce deuxième ms., signalé par M. Léopold Delisle (1), se trouve à Aix en Provence, à la bibliothèque Méjanes. Il portait le n° 141 dans le catalogue resté inachevé et non publié de feu Rouart (2) qui le décrit ainsi : « In-4°, 79 p. régl., bon écrit. anc. et riche reliure, mais fatiguée, avec fil. dentelles et fl. de lys aux coins, tr. d., XVIe s. » Nous n'avons pas vu ce ms., mais nous en possédons une collation, qui nous a permis parfois de rectifier le ms. de Paris; nous donnons du reste à la fin de notre volume

(1) *Bulletin de la Société de l'Histoire de Paris,* II (1875), p. 22-23.

(2) *Catalogue des manuscrits de la bibliothèque Méjanes*, par Rouart, p. 96-8.

le relevé des *Variantes* peu nombreuses des deux manuscrits.

Un troisième manuscrit n'a pas été utilisé par nous ; il appartient à l'ancienne bibliothèque de Sir Thomas Phillipps, placée aujourd'hui à Cheltenham, et est mentionné aux col. 869-70 du Répertoire de G. Hænel en ces termes : « In-octavo. Les 3 premiers livres du *Bon Prince* ou *Voyage de l'Empereur Charles V par la France en* 1539, par F. René Macé, religieux du monastère de la Trinité en Vendôme (vél.). » C'est sans doute le ms. que le Père Lelong (n° 17572) et La Monnoye (1) disent avoir appartenu à l'intendant Foucault. On remarquera que ce volume porte deux titres : 1° *Voyage de Charles Quint* ; 2° le *Bon Prince*. Ce dernier titre est le seul qui figure dans les deux manuscrits d'Aix et de Paris; l'auteur veut faire sans doute par ces mots une flatterie non pas à Charles-Quint, comme le dit Rouart dans la notice qu'il a consacré au ms. d'Aix, mais bien à François Ier, que Macé, à plusieurs reprises dans son poème, appelle le *Bon Roy*.

(1) Lacroix du Maine, *Bibliothèque françoise*, II, 370.

Nous avons préféré cependant donner à notre publication le titre de *Voyage de Charles Quint par la France*, qui a du moins le mérite d'avoir un sens bien défini.

IV

Nous l'avons dit plus haut, le passage de Charles-Quint à travers la France frappa d'une façon toute particulière les gens du XVIe siècle ; à cette occasion les *Entrées, Relations, Chansons, Lettres,* etc., ne manquèrent point de se produire. Nous donnons de toutes ces pièces une bibliographie, restreinte exclusivement au XVIe siècle ; cet ensemble de documents contemporains permettra au lecteur de contrôler et de rectifier le témoignage quelquefois hasardé de René Macé.

Nous divisons cette bibliographie en trois parties : la première (n°s 1-14) se rapporte uniquement aux *Entrées* de Charles-Quint ; elle est classée, ville par ville, dans l'ordre même du voyage ; la seconde (nos 15-28) comprend un certain nombre de pièces *historiques* dans l'ordre chronologique ; la troisième enfin (nos 29-39) s'applique aux *chansons* et plus généralement à toutes les productions *littéraires* qu'a pu faire naître sur son passage l'empereur d'Allemagne.

1. Ceremonies faites a l'entrée de Charles d'Autriche Empereur en la ville de BOURDEAULX, au mois de nouvembre 1539.

Bibl. nat. Mss. fr. coll. Dupuy 325, fol. 53.

2. Triomphes d'honneur faitz par le commandement du Roy a l'Empereur en la ville de POICTIERS, ou il passa venant d'Espaigne en France pour aller en Flandres le neufviesme jour de decembre l'an mil cinq cens XXXIX. — *On les vend a Paris..... par Jehan Dupré, libraire, Mil.* D. XXXIX. (In-8°, 12 ff. non chiffrés).

Bibl. nat. Impr. Lb³⁰81 (Réserve).

Réimpr. *Mémoires de Martin et Guillaume Dubellai-Langei* (éd. 1753) VI, 339-367.

3. Triumphes d'honneur faitz par le commandement du Roy a l'Empereur en la ville de POICTIERS, ou il passa venant d'Espaigne en France le IX. jour de decembre l'an mil cincq cens XXXIX. Ensemble de l'entrée et triumphes faitz au dit Empereur, le premier jour de l'an ensuivant par les Université, Cité et Ville de PARIS en France. — *Imprimé a Gand pres le Chasteau par moi Pierre Cæsar, l'an M. CCCCC. XXXIX, le XIX janvier.* (Petit in-8°, 16 ff. non chiffrés. Vignette *Plus oultre* gravée sur bois. A la fin, écusson avec 3 fleurs de lys).

Vander Haeghen, *Bibliog. gant.* n° 35. (La 1re partie, consacrée à l'Entrée à Poitiers, est une réimpression du n° **2**. — La relation de l'Entrée à Paris est signée *Corneille Romain*).

Bibl. de Rouen, catal. Leber, n° 5196.

4. La triumphante et excellente entrée de l'Empereur faicte en la ville d'ORLEANS par le commandement du Roy, ou est contenu l'ordre gardé et observé en icelle. Avec la harengue faicte par le baillif d'Orleans a l'Empereur et la reponse de l'Empereur au baillif. — *On les vend a Paris... en la boutique de Charles Langelier.* (In-8° 16 ff. non chiffrés. Caract. goth. Privilège daté du 10 janvier 1539-1540. — A la suite de cette pièce se trouve le n° **30**; voy. plus loin).

Bibl. nat. Impr. Lb30 82 (Réserve).

Réimpr. *Mém. de Dubellai-Langei*, VI, 368-392.

5. S'ensuivent les triumphantes et honorables entrées faites par le commandement du Roy treschristien Françoys premier de ce nom a la sacrée Majesté Imperiale Charles V de ce nom tousjours auguste es villes de POICTIERS et ORLEANS, avecque la harengue faicte par le baillif d'Orleans a sa dicte M. I. et la response de sa dicte M. au dict baillif.

Item le honorable recueil que luy feit le dict Roy treschristien a son entrée du chasteau de FONTAYNE BLEAU, l'an M. D. XXXIX.

Item la complainte de Mars, dieu des bataylles, sur la venue de l'Empereur en France, par *Claude Chappuys*, varlet de chambre du Roy ; le tout imprimé sur la copie de celles lesquelles ont esté imprimées a Paris par privilege du Roy et deffences.

Item un epigramme de *Clement Marot* sur la venue de l'Empereur en France.

— *On les vent a Lille par Guillaume Hamelin librayre, demourant sur le marché au blé dudict Lille.* (Petit in-8°, 32 ff. non chiffrés. Carac. rom. On lit à la fin : « *Imprimé a Gand pres l'hostel de ville par Josse Lambert, l'an* 1539 »).

Catal. Van Hulthem, n° 27649.

Vander Haeghen, *Bibliog. gant.* n° 56.

Bibl. nat. Impr. Lb[30] 80 (Réserve). L'Entrée à Poitiers est la réimpression du n° 2. — L'Entrée à Orléans est la réimpression du n° 4. — Pour la *Complainte de Mars* et l'Épigramme de Marot, voy. les nos 32 et 34.

Réimpr. en partie. *Mém. de Dubellai-Langei*, VI, 400-418.

6. Le double et copie d'unes lettres envoyées d'Orleans a ung abbé de Picardie contenant a la vérité le triumphe faict audit lieu d'ORLEANS a l'entrée et reception de l'Empereur contre ce qui auparavant en a esté imprimé qui est faulx. — *Ilz se vendent... ...a Paris es boutique[s] de Gille Corrozet et Jehan Dupré.* (In-8°, 20 ff. non chiffrés. Privilège du 21 janvier 1539-1540).

Bibl. nat. Impr. Lb³⁰ 83 (Réserve).
Bibl. de Rouen, catal. Leber, nº 5196.

7. L'ordre tenu et gardé a l'entrée de treshault et trespuissant prince Charles Empereur... en la ville de Paris... L'ordre du banquet faict au Palais. L'ordonnance des joustes et tournoy faict au chasteau du Louvre. La description des arcz triumphans, magnificences... faictz en icelle ville... M. D. XXXIX. — *On les vend..... es boutiques de Gilles Corrozet et Jehan Dupré.* (In-8° 19 ff. non chiffrés. Caract. goth. — En tête de cette pièce se trouve le nº **35**; voy. plus loin).

Bibl. nat. Impr. Lb³⁰ 84 (Réserve).
• Réimpr. *Mém. de Dubellai-Langei,* VI, 419-444.

8. La magnificque et triumphante entrée du tresillustre et sacré Empereur Charles Cesar tousjours auguste faicte en la excellente Ville et Cité de Paris, le jour de l'an en bonne extreimne. — *On les vend a Lyon, chez Françoys Juste.* (In-4°, s. d. Caract. goth.)

Bibl. nat. Impr, Lb³⁰ 84 * (Rec. Fontanieu CLXX, 271-325).
Bibl. de Gand (In-4º 13 ff. et 1 blanc, s. l. n. d.).
Bibl. de Bruxelles (Autre éd., in-8º, 18 ff.).

9. El grande y muy sumptuoso recibimiento que hizieron en la gran cibdad de PARIS al invictissimo Emperador y Rey nuestro señor. (In-4° goth. 4 ff. non chiffrés. Au frontispice les armes impériales).

10. Entrada de Carlos V en PARIS el año 1540. — *En Leon de Francia, Scheuring,* 1864. (In-4°. Armes impériales).

Bibl. nat. Impr. Lb^{30} 159 (Réimpression du n° 9.)

11. La sontuosa intrata di Carlos V sempre augusto in la gran città di PARIGI con gli appariti, triumphi, feste, archi triumphali, livree, presenti, ceremonie ecclesiastice et pompe regale, fatte a S. M. in Francia. — (A la fin :).... *Da Parigi alli III di gennaro* 1540. (Petit in-4°, 4 ff. Au titre les armes de France et celles de Charles-Quint).

Catal. Ruggieri, n° 904.

12. Warhafftige auch gantz glaubwürdige newe Zeytung, wie Keyserlich Majestat, jüngst verschynen, den fünfften Januarii dises XL. Jars, zu PARIS in Franckreych ankommen ist. Auch mit was Pomp und Bracht er empfangen und geehrwyrdigt worden sey. Alles gegenwertig gesehen, erfaren und schrifftlich verfasset, wie nachfolgends klärlich angczeygt wirdt[1]. — *Getruckt zu Augspurg durch Heynrich Steyner.* (In-4° goth. de 4 ff. non chiffrés. — Au

[1] L'auteur dit qu'il a précédemment raconté le début du voyage. Nous n'avons pas vu cette relation, qui doit se trouver dans quelque bibliothèque d'Allemagne.

titre un bois des armes impériales, avec la devise : *Plus ultra*).

Bibl. municip. d'Augsbourg.

Verzeichniss einer Sammlung von nahezu 3000 Flugschriften Luthers und seiner Zeitgenossen bearbeitet von Arnold Kuczynski (*Leipzig*, *Weigel*, 1870, in-8°), n° 2832.

13. — Declaration des triumphantz honneurs et recoeul faictz a la Majesté Imperialle a sa joyeuse et premiere entrée, ensemble aux illustres princes messieurs le daulphin et le duc d'Orleans en la cité et duché de CAMBRAY, en l'an de grace 1539 au mois de janvier le 20e jour dudict moys. — *Imprimez a Cambray, par Bonaventure Brassard* (Petit in-4° goth. 16 ff., plus 4 ff. de musique composée par *Courtois*. L'Entrée est suivie de pièces de vers latins et français et du motet latin : *Venite populi terræ*).

Catal. Ruggieri, n° 902 *bis*.

14. La triumphante et magnificque entrée de l'Empereur Charles tousjours auguste cinquiesme de ce nom, accompaigné de messeigneurs le daulphinde France et duc d'Orleans en sa ville de VALENTIENNES .MDXXXIX. — *Imprimé a Rouen par Jehan Lhomme le vingtiesme jour de mars mil cinq cens trente neuf*. (In-8°).

Bibl. de Valenciennes. Ms. n° 529.

Bibl. nat. Impr. Lk7 10038 (Réserve).

Réimpr. Gachard, *Collection des Voyages des souverains des Pays-Bas*, II, 581-592.

❧ ❧

15. 27 nov. 1539-4 janvier 1540. — Relation du voyage de Charles-Quint en France.

Bibl. de Bruxelles. Ms. 16884-16887 (anc. Van Hulthem nº 620).

Publ. Gachard, *Relation des troubles de Gand,* 44-56.

16. 4 décembre-6 décembre 1539. — Résolutions de la commune d'Orleans relatives à l'entrée et à la réception de l'Empereur (4 pièces).

Bibl. nat. Mss. fr. coll. Dupuy 325, fol. 60-66, et 591, fol. 19-24.

Publ. Gachard, *Relat. des tr. de Gand,* 299-305.

17. — 6 décembre 1539. — Lettre de Granvelle à la reine Marie de Hongrie sur la réception faite à l'Empereur en France.

Archives de Belgique. *Troubles de Gand* (1537-1542), t. II.

Publ. Gachard, *Rel. des tr. de Gand,* 305-307.

18. 12 décembre 1539-8 janvier 1540. — Différentes lettres de la reine Marie de Hongrie, relatives au voyage en France de l'Empereur et à sa réception dans les villes, adressées au duc d'Arschot.

Archives du duc de Caraman, à Beaumont.

Archives de Belgique. *Troubles de Gand,* (1577-1542), t. I.

Publ. Gachard. *Rel. des tr. de Gand,* 318-330.

19. 21 décembre 1539. — Lettre de l'Empereur au cardinal-archevêque de Tolède en partie relative à son voyage. (Écrite d'Orléans, en espagnol).

Archives de Simancas, *Estado*, liasse n° 496.
Publ. Gachard, *Relat. des tr. de Gand*, 641-644.

20. 21 décembre 1539 - 7 janvier 1540. — Relation (en espagnol) du voyage de l'Empereur depuis le 21 décembre 1539, jour de son départ d'Orléans, jusqu'au 7 janvier 1540, jour de son départ de Paris.

Bibl. nat. de Madrid. P. 30, fol. 116 à 118 v°.
Publ. Gachard, *Relat. des tr. de Gand*, 653-658.

21. Journal du voyage de Charles-Quint en France.

Mss. nombreux, *voy.* Gachard, *Coll. des voy.*, II, Introd. p. XXIII-XXIV.
Publ. Gachard, *Coll. des voy.*, II, 154-159.

22. 1er janvier 1540. — Entrée de Charles-Quint à Paris.

Bibl. nat. Mss. Rég. du Parlement (copie), 67, fol. 117 v° à 121 r°.

23. 6 janvier 1540. — Lettre de l'Empereur à l'archevêque de Tolède sur son arrivée à Paris.

Archives de Simancas, *Estado*, liasse n° 497.
Publ. (extrait) Gachard, *Rel. des tr. de Gand*, 653.

24. Janvier 1540. — Lettre de rémission, signée

à Paris par Charles-Quint, en faveur de René de Bellanger, écuyer.

Bibl. nat. Mss. fr. coll. Dupuy 85, fol. 130.

25. 6 janvier 1540. — Lettre de l'Empereur au duc d'Arschot sur les dispositions à prendre pour la réception des princes et seigneurs français.

Archives du duc de Caraman, à Beaumont.
Publ. Gachard, *Relat. des tr. de Gand*, 328-329.

26. 21 janvier 1540. — Lettre de l'Empereur à l'archevêque de Tolède sur la réception qui lui fut faite à St Quentin, Cambrai et Valenciennes (écrite de Valenciennes).

Archives de Simancas, *Estado*, liasse n° 497.
Publ. Gachard, *Relat. des tr. de Gand*, 662-663.

27. 23 janvier 1540. — Lettre *non signée* contenant des particularités sur le voyage de l'Empereur et les fêtes données aux princes français (écrite de Valenciennes).

Bibl. nat. de Madrid, P. 30, fol. 120-121.
Publ. Gachard, *Relat. des tr. de Gand*, 663-666.

28. 14 février 1540. — Entrée de Charles-Quint à Gand.

Archives de Simancas, *Estado*, liasse n° 497.
Publ. Gachard, *Relat. des tr. de Gand*, 668.

29. De christiani orbis concordia panegyricus gratulatorius ad... Carolum Quintum, Romanorum imperatorem... et Franciscum Valesium, Francorum regem... Auctore Theodorico ADAMÆO... — *Parisiis, Wechelus*, MDXL. (In-4°, sans pagination).

Bibl. nat. Impr. Lb^{30} 158 (Réserve).

30. Gratulatio de adventu Cæsaris in urbem Aureliam (Pièce de vers de Jean BINET, de Beauvais, imprimée en caract. rom. à la suite du n° **4**).

Réimpr. *Mém. de Dubellai-Langei*, VI, 393-399.

31. Le Vol de l'Aigle, avec privilege (par Jean BOICEAU). — *On les vend a Paris en la grand salle du Palais au premier pillier devant la chappelle de Messieurs les Presidens, par Jehan André*. (In-8° goth. de 8 ff. Privilège daté du 4 février 1539 [1540]). — La pièce est précédée d'un dizain adressé par l'auteur « a son amy le Traverseur » et de la réponse de Jean Bouchet.

Bibl. du comte de Lignerolles.

32. La complainte de Mars sur la venue de l'Empereur en France; au treshault, trespuissant, tresvertueux et treschrestien Roy Françoys premier de ce nom, Claude Chappuys, son treshumble et tresobeissant libraire et varlet de chambre ordinaire. Avec privilege. — *On les vend a Paris en la rue neufve Nostre Dame devant Sainte Geneviefve des Ardens, a l'enseigne du Faulcheur.* (Petit in-4° goth. de 12 ff. Privilège du 8 janvier 1539 [1540]).

Bibl. nat. Impr. Y (Réserve).
Impr. aussi à la suite du n° 5.
Réimpr. *Mém. de Dubellai-Langei,* VI, 403-418.

33. L'oraison de Mars aux dames de la court, ensemble la reponse des dames a Mars par Claude Colet, de Rumilly en Champaigne, nouvellement revue et corrigée oultre la precedente impression ; plus y sont adjoutées de nouveau auculnes aultres oeuvres dudit autheur. — *Paris, Wechel,* 1548. (Petit in-8°. — La 1re édition est de 1544).

Bibl. nat. Impr. Y (Réserve).

34. Épigramme de Clément Marot, imprimée dans le corps du n° **5**, commençant par :

Or fu Cæsar qui les Gaules conquist.

Réimpr. *Mém. de Dubellai-Langei,* VI, 418.

35. Huictain de Clement Marot, imprimé en tête du n° **7**, et commençant par :

Lorsque, Cesar, Paris il te pleut voir.

Réimpr. *Mém. de Dubellai-Langei,* VI, 420.
Voy. les différ. édit. de Marot.

36. Chanson nouvelle a l'entrée de l'Empereur a Paris... — Chanson nouvelle faicte et composée sur toutes les entrées qu'on a faictes a l'Empereur depuis Bayonne jusques a Paris[1].

Voy. Bibl. nat. Impr. Lb[30] 159*.

37. Chanson nouvelle, faicte sur les dons et presentz que l'Empereur a faicts aux dames de France... et commençant par :

Gentils Françoys, par courtoysie.

Voy. *Plusieurs belles chansons nouvelles* (Paris, Alain Lotrian, 1542, in-8° goth.) n° 19 et *Chansons nouvellement composées* (Paris, Jean Bonfons, 1548, in-8° goth.) n° 42.

38. Chanson, commençant par :

Dans Paris, la bonne ville,
L'Empereur est arrivé,

et citée dans *La Reformeresse, farce a six personnages*, v. 43-49.

Voy. É. Picot, *La Sottie en France* (*Romania*, VII, 301).

[1] Cette chanson que nous n'avons pu retrouver à la Bibliothèque nationale, bien qu'elle soit mentionnée par un renvoi dans le catalogue de l'Histoire de France, est peut-être la même que la chanson commençant par ces deux vers :

Quant l'Empereur de Rome
Arriva dans Paris,

et dont l'*air* est cité dans *Plusieurs belles chansons nouvelles* (Paris, Alain Lotrian, 1542, in-8° goth.) n° 9 et dans les *Chansons nouvellement composées* (Paris, Jehan Bonfons, 1548, in-8° goth.) n° 36.

39. Chanson nouvelle, faicte et composée sur la venue de l'Empereur a la ville de Gand, et commençant par :

Escoutez tous ensemble.

Voy. *Plusieurs belles chansons nouvelles* (Paris, Alain Lotrian, 1542, in-8° goth.) n° 46.

Réimpr. *Bull. de la Soc. de l'Hist. de Fr.*, II, 278 ; Leroux de Lincy, *Rec. de ch. historiques*, II, 124 ; de Baecker, *Ch. hist. de la Fl.*, 263.

Il eût été possible d'augmenter cette bibliographie en empruntant soit au *Cérémonial*, soit à divers historiens, le récit du voyage de Charles-Quint ; d'autres pièces encore devraient sans doute être citées ici que nous n'avons pu connaître ni par Brunet, ni par les autres bibliographes. Nous croyons cependant que malgré son imperfection, notre bibliographie ne sera pas sans quelque utilité pour l'histoire littéraire et anecdotique du XVIe siècle. Elle eût été, du reste, plus incomplète encore si M. Vander Haeghen et surtout M. Émile Picot n'eussent bien voulu nous donner de précieuses indications, pour lesquelles nous les prions de recevoir nos sincères remerciements.

Paris, 25 août 1879.

G. R.

VOYAGE
DE
CHARLES-QUINT
PAR LA FRANCE

I.

L'Empereur vint jusqu'a Fontaine Bleau,
Noble chastel tant ou plus fort que beau,
Tresbeau pourtant, mais sa meilleure grace
C'est qu'en Europe il n'y a telle chasse.
Pour ce le Roy, ou qu'il soit, n'est chés soy,
Dit il, que la : il le nomme *Chés moy*.
Noel passé, car on y vint la veille,
Le Roy mal sain toutesfois se traveille
Luy faire avoir quelque plaisir du boys,
Et luy monstra luy mesmes quelque foys.

1. — Le château de Fontainebleau, dont l'existence est constatée à la fin du XIIe siècle, fut beaucoup agrandi et embelli par François Ier, qui en fit une de ses résidences favorites.

Six jours après, par Corbeil il l'amene
Coucher au parc qu'on appelle Vincene,
Le parc des daims, lieue et ung quart pour plus
Loing de Paris. L'Empereur au surplus,
Au fin matin que la nuyct desja moindre
Cedoit au jour lors s'avançant de poindre,
Va disner dens Sainct Anthoyne des Champs,
Ou vers luy fut le Prevost des marchans
Et aussi tous les estatz de la ville.
On avoit faict d'antique moult gentille
Ung corps d'hostel sur le chemin : leans
Disna Monsieur et le duc d'Orleans,
Avecque luy et mainte baronnie,
Car il se aymoit moult estre en compaignie.
L'heure venoit de marcher : on marcha ;
Et luy en dueil cheval noir chevaulcha.

12. — Le bois de Vincennes était entouré d'une clôture commencée par Louis VII et achevée par Philippe-Auguste. « Le roy avoit fort grand desir de monstrer a l'Empereur sa belle maison royalle qu'il avoit fait faire a Fontainebleau, ung fort beau lieu plaisant a cause des grans boys qui avironnent ladicte maison es quelz il y a ung fort beau deduit de la venerie. » (*Relation des troubles de Gand,* publ. par M. Gachard, Bruxelles, 1846, p. 47.)

17. — Saint-Antoine-des-Champs était une abbaye de religieuses cisterciennes, fondée vers 1191 sur l'emplacement d'une vieille chapelle dédiée à S. Antoine l'ermite.

22. — Henri, dauphin en 1536, roi de France en 1547. — Charles, duc d'Angoulême, d'Orléans et de Bourbon, né en 1522, mort en 1545 sans alliance.

Tresriche estoit la porte de l'entrée,
De ses plusieurs escussons acoustrée,
Et d'ung long ciel, prenant du premier huys
Jusques au mur, de l'hierre et de buys
A beaux chapeaulx de triumphe et aiglettes :
Or en leur col, or sur leurs testellettes.
Treshault Cesar, la tienne majesté,
Et ta puissance, et ta foelicité,
Et bruyt couvrant de son vol tout ce monde,
N'oyra jamais louenge qui responde
A ton merite; et, tant soit hault honneur,
Gist soubz tes faictz inegal et mineur.
Mais croyons nous que si peu de corsaige
Ait sur la terre exploicté tant d'ouvraige,
Et que soubz Dieu portes ainsi le faix
De ce rond monde empli de tes beaux faictz.
Qu'a peu Fortune inconstante a l'encontre,
A chacun est son propre faict pour monstre :
Tousjours auguste, a dire verité,
En toy y a quelque grand deité ;
Tes faictz ne sont faictz humains, mais miracles,
Et tu prens goust a nos petis spectacles !
Et harangueurs, qui tant soyent bien apris,
Puis que le dis, sont neantmoins surpris.
De cas si grand avions nous esperance,
Ung moys y a, veoir tant de gloire en France ?
Mais veoy aussi ce peuple : tout au long

De tes chemins ailleurs tant n'en fut oncq.
N'est ce ung vray monde? En liesse et joye
Se foule et tue, afin que ung peu te voye.
Nous n'attendions, pour vray, ton amytié,
Après si longue et dure inimitié;
Ores l'avons, et gros honneur encore,
Quand tel seigneur, nous veyant, nous honore
Et prend pour gens d'entiere feaulté,
En nous monstrant si franche privaulté.
Or de tes faictz ceste heureuse entreveue
Est le plus grand, mais que bien en soit veue
La consequence : en paix chacun sera,
Toy et le Roy en paix on servira,
Nous l'esperons. O! qu'est ce d'estre en guerre :
Fureur de Dieu, ruine de la terre?
Rien n'est si beau que le soleil es cieulx,
Ne grand que toy au monde spacieux,
Et amytié est la meilleure chose
Qui soit des cieulx et de ce monde enclose.
Ainsi pensois, quand, entre ces portaulx
Larges d'arcure et montée treshaultz,
Vey l'Empereur vis a vis des Tournelles,
Dessoubz le poelle, ou son aigle a grandz aelles

75. — Le palais des Tournelles, à la fin du XIVe siècle, n'est autre chose que l'hôtel d'Orgemont, situé au Marais, vis-à-vis de l'hôtel S.-Paul. Depuis Charles VII jusqu'à Henri II, il fut la demeure du roi. — Nous lisons dans *La magnificque et trium-*

Voloit sur luy. Voire cest empereur,
Du nom duquel seul nous avions horreur,
Avant le veoir, et pourtant a sa chere
Nous a semblé prince non trop severe,
Mais trescourtois, tresbenign et tresdoulx.
« Quoi fust ce vous! » disoit on, « fust ce vous! »
Le regardant, « fust ce vous, qu'on renomme
S'estre vanté contre le Roy a Romme
De conquerir ce royaulme, et passer
Par le meilleu avant, sans menasser?
Conquerez nous, passez en bonne estrene :
Le Roy entra par tel jour en son regne.
Vous povez tout en vertu d'amytié,
Mais qui vouldroit venir par maulvaitié,
Nous mectroit tous au soing de nous deffendre;
Ce que peut estre assez povez entendre.
Or troys jours a que sans fin il a pleu
Moult laydement, et, a ce jour esleu,
Des bien long temps, pour vostre entrée insigne,
L'air de doulceur et beaulté s'enlumine.

phante entrée..., p. 280-281 : « Devant les Tournelles y avoit ung... portail d'antique double enrichy de pilliers rondz noirs en façon de marbre avec les testes, cornises, chapiteaulx et mollures d'or et d'asur, colorez avec frises et moresques bien faictes. »

84. — Charles-Quint était à Rome en avril 1536, et nous trouvons dans le *Journal de Vandenesse*, publié par M. Gachard, Bruxelles, 1874, p. 118-131, le long exposé de ses griefs contre François Ier.

Ce bon temps mesme ayde a vous recevoir,
Et veult vers vous faire aussi son debvoir :
Ainsi, après des guerres la tempeste,
Fortune a tous soit plus doulce et honneste ! »
  C'est ce que maintz discouroient a part soy.
Et quant au vray, si assez cler je veoy,
La colle mesme et vantance haultaine
De l'Empereur ne fut pas du tout vaine,
Ains a peu près a sorty son effect,
Car des deux poinctz l'ung et l'aultre il a faict.
  Il a gagné le coeur du Roy sans guerre,
Qui vault aultant, voire plus, que conquerre
Tous ses pays ; oultre, par le meilleu
Il a passé, mais sans, loué soit Dieu !
L'endommaiger, non obstant ce couraige,
Dont il parla, de y faire maint oultraige.
  O quel seigneur que le futur aussi
Vient a son mot, et le preveut ainsi !
A telz gens nez a haultains cas Nature
Baille sens propre a leur charge future.
  En ce relluyt son esperit divin,
Qui a conduict a si heureuse fin
Ses beaux desirs et tresgrandes pensées,
Par ses effectz oultreplus surpassées.
  Mais tel monarche est si noblement né !
Eust il marché en pays ruyné,
Que de coeur triste ? Ou gist vraye noblesse

Qu'a condoloir et sentir la tristesse
Du mal d'aultruy? C'est inhumanité
Penser sans plus en quelque atrocité.
  Mieulx doncq a veu, pour entrée, Bayonne,
Et Bordeaux jusque ou s'embat la Garonne,
Après, Poictiers si bien sentant ses loix,
Toute civile, après Loches et Bloys,
Et Orleans, six populeuses villes;
  Montz avinez, champs de tous fruictz fertilles,
Fleuves, forestz, riches et grandz buffectz,
Changez a tous les repas qu'il a faictz;
  Arcz de triumphe et rues tapissées,
Ou qu'il passast, et grandz aigles dressées,
Jolis presentz, nobles, clercs et marchans,
Le devançant, leurs enseignes aux champs;
  Et en maintz lieux tableaux de bonne grace,
Faictz richements au semblant de sa face,
De sa feu femme et ses petis enfans,
Luy rians la avec luy triumphans!
  Mesmes le Roy, des qu'il sent ses approches,

131. — Le poète nous trace ici l'itinéraire que l'empereur avait suivi depuis son entrée en France.

132. — En marge :

.....casus Cassandra canebat (Virg. *Én.* III, 183).

.....magna manes ter voce vocant, (*l.* vocavi) (*Id.* VI, 506).

141. — Isabelle, fille d'Emmanuel le Fortuné, roi de Portugal, épouse Charles-Quint en 1526, meurt en 1539.

Tant soit mal sain, se faict porter a Loches
Le recevoir, de Compienne; et Messieurs
Ses deux enfans, Connestable et plusieurs,
Tous gens de nom, en poste alloient, d'envie
De le veoir tost, jusqu'a Fontarabie.
Orleans fut jusque la, le Daulphin
Et Connestable a Bordeaux : tous afin
De luy monstrer l'amytié cordiale
Que luy portoit ceste maison royale.
  Le Roy courant l'embrasser larmoyoit;
Au moins son oeil tout moicte l'on veoyoit.
  Cesar luy dist : « Ne vous fay je sans cesse
Tort et traveil? » Et sur ce en grande caresse,
A qui premier l'ung l'aultre entr'acolla.
Le Roy tout meu quelque temps ne parla :
  « Ce jour me faict coulpable de sa heyne, »
Pensoit en soy. « Ne deus je prendre peine
Par tous moyens de gaigner tel amy?
A quiconque est si bon prince ennemy
Bien doibt mescheoir; c'est par sa faulte seule :

144. — François Ier venait d'être malade (Cf. *Relation des troubles de Gand*, p. 273) et pendant sa maladie, l'administration du royaume avait été pour ainsi dire entre les mains du duc de Montmorency.

146. — Anne, duc de Montmorency, connétable de France (1492-1567), conseiller intime de François Ier, sur lequel il prit un grand ascendant après la campagne de Provence (1536) : Macé le loue (v. 1151 ss.) sans réserve.

En si bon prince il n'y a coulpe nulle.
Il me vient veoir! Soyez tresbien venu,
Monsieur mon frere! » Et parloit le chief nud.
Tandis pourtant, la royne de Hongrie
Es Pays Bas commande que l'on prie
Pour l'Empereur : on faict processions,
On jeune, on va aux predications,
Qu'il plaise a Dieu mitiguer du Roy l'ire
Vers son beau frere. On a eu beau luy dire
Qu'il n'y passast, il y est obstiné,
De son proave il n'a pas fortligné;
Conseil ne quiert de rien qu'il doibve faire,
Bien des moyens de son vouloir parfaire.
Toute la court, les dames mesmement,
Suyte luy font tresque reveremment
Jusqu'a Paris, ou souvent en soy mesme
Il s'esbahist comme France tant l'ayme :
« Grand quantité de leurs peres sont mortz,
Voire par moy, et n'en ont nulz remordz!
Il plaict au Roy qu'ilz oblient leurs pertes,
Et ilz n'en ont, semble, nulles souffertes. »

167. — Marie, sœur de Charles-Quint, avait épousé, en 1521, Louis II, roi de Hongrie. — En marge : « L'amour des Arthoysiens et Flammandz vers leur seigneur. »

174. — En marge : « Charles, duc de Bourgoigne, estant de-
« vant Beauvais, dit a ses gens et conseilliers qu'il ne leur deman-
« doit conseil s'il debvoit aller a Rouen, mais seulement comme il
« y debvoit aller; il feit plusieurs autres executions sans conseil. »

Bon Empereur, oultre que c'est peché
De nourrir heyne, ung coeur d'elle empesché
Soy mesmes moult de sa fureur se vexe ;
Sa propre peine au meffaict est annexe
Et dessus tous aux grans en appartient
Estre oblieux, car leur heyne ne tient
Qu'a tresgrandz maulx tant privez que publicques,
En quoy ce jour voz vertus heroicques
Se monstrent bien, quand de voz haultains coeurs
Injuriez vous devenez vaincqueurs.
Par noz pechez vostre heyne est venue,
Nous repentans n'a aulcune tenue.
Or le Daulphin et le duc d'Orleans
Le costoyent tousjours, le recreans
D'humbles propos, en habitz de pareure
Esmerveillable, et tresbrave monteure
Reniflant feu, sur le pavé clacquant
Du fer clicquant menuz saultz quant et quant.
Laquais entour, le saphir a l'oreille,
Tous de velous et argent traict en fueille,
Housine en main toute fiere d'anneaulx !
Et le Legat avec dix cardinaulx
Marchoit devant, tous en chapel et chappe.
Hier avoit fait son entrée, et le Pape
Paul, tiers du nom, de Romme l'a transmis,
Cherir pour luy ces deux princes amys.
Consequemment va la maison royale,

En tout maintien tresque seigneuriale :
Premier Vendosme et Loraine et Nevers,
Guyse, d'Aumalle et aultres a travers,
Vestuz de noir, a ce jour mal propice,
Mais c'est le dueil de leur imperatrice.
Phifres, clarons, trompettes et tabours,
Devant, derriere, a droict et a rebours,
Le hault, le bas et le gros et le grelle,
Le long, le dru, tout respond pesle mesle.
Encor devant va Poyet, chancellier,
Premierement advocat singulier,
Puis president : l'on monte par science
D'ung degré l'aultre a toute preminence.
Le seau royal, en coffret de velous
A fleur de lis, couvert d'ung voile doulx,
Va devant luy sur blanche hacquenée,
Menée en main, de drap d'or atournée.
Entour ce seel huyt ses officiers vont,
La teste nue ; et emmanthelez sont

213-214. — Antoine de Bourbon, duc de Vendôme et gouverneur de Picardie (1537), plus tard roi de Navarre (1555). — Antoine le Bon, duc de Lorraine et de Bar (1489-1544). — François Ier de Clèves, duc de Nevers depuis l'érection du comté de Nevers en duché-pairie (1539). — Claude, duc de Guise (1528), plus tard (1544) duc de Lorraine. — François (Monsieur d'Aumale), duc de Guise en 1550.

221. — Guillaume Poyet, chancelier de France (1474-1548), auteur de la fameuse ordonnance de Villers-Cotterets, *la Guillelmine* (1539), relative à l'administration de la justice.

Ou de velous ou d'escarlate fine :
Et part montée, et part a pied chemine.
Encor devant marche le Parlement,
Et tout l'Estat des Comptes suyvamment,
Et Chastellet, et l'ecclesiasticque
Devotion, portant mainte relicque,
Recteur, docteurs de l'Université,
En leurs habitz de saige antiquité.
Ayant le Roy disné avec la Royne,
Sur le chemin du petit Sainct Anthoyne,
Dedens l'hostel nommé Montmorensy,
Veit voulentiers l'Empereur estre ainsi
Embesoigné entre ceste grand presse
De toutes gens qui luy mesmes oppresse.
Le Connestable ayant l'espée au poing,
Crioyt Nansey, et luy, en plus grand soing,
Crioyt La Voulte, et La Voulte a grand course
A ses archiers, mais pour neant s'encourse.
Le bruyt est tel que quand la mer mouvant
Tonne dens soy en rappelant son vent,
Dont n'y a boys ne mont qui n'en responde

241. — En marge : « Le disner du Roy et de la Royne a l'hostel de Montmorensi sur la rue S. Anthòyne. »

246. — Joachim de La Châtre, seigneur de Nançay, capitaine des gardes du corps en 1533, gouverneur de la ville et duché d'Orléans en 1538.

247. — La Voulte était le grand prévôt de la « connestablerie et mareschaucée » de France.

Lieue et demye d'horreur sombre et profunde ;
A tant chevaulx de la se sont tirez,
Leurs paremeniz touteffois dessirez.
On avoit mis, au carfour qu'on appelle
Porte Baudet, une monstre tresbelle
D'ung ange armé et d'ung mouton doré,
Et nymphe entr'eulx de viaire asseuré,
Qui sur son bras portoit ce mot : « Europe. »
Icelle fille oza jadis, en croppe
D'ung fier taureau, oultrepasser la mer,
Et Jupiter la daigna bien aymer,
Tant estoit noble ; et encor du nom d'elle
Le tiers du monde, en memoire eternelle,
Est appelé : elle voulut parler,
Mais ne laissoit ce grand train a aller.
Qu'eust elle dit? A part moy je devine :
« Dieu gard Paris! Le bruyt de vostre digne
Resjouyssance, a ce beau jour icy,
M'a faict venir pour me y trouver aussi;
Ensemblement pour n'empirer la feste,
Vous est venu ceste tresnoble beste,
Ce doulx aigneau de si riche toyson,

256. — Voy. plus loin (v. 441) la note relative à la *porte Baudoyer*.

257. — En marge : « S. Michel » et « la Toyson d'or. »

259. — En marge : « Il y avoit le jour de l'entrée de l'Empereur gens de toutes pars d'Europe a Paris. »

Lequel pour veoir jadis le preu Jason
Prit tant de mal; et quand par sa proesse
L'eut conquesté, Orpheus par my la Grece
Gens a danser de sa harpe assembla.
O! que moult beau ce mouton leur sembla!
Et sçavez vous comment si belle layne
Luy est venue? On le diroit a peine :
Oncq de mouton il ne desnatura,
Paisible et coy tousjours il pastura,
Et ce pendant sa toyson s'est dorée
De une herbe en fleurs presque ainsi coulorée,
Et de ce encor l'entretient et nourrit.
Veoyez aussi ce celeste esperit,
Le glaive en main, et ceste grand bellue
Qu'i foule aux piedz de tous venins pollue :
Le glaive, c'est finale Verité,
Et le serpent vielle Cupidité,
De tous pechez la mere originele,
Mouvant les gens a guerre criminele.
O! soit a tant tenue ainsi soubz pied,
Que les vivans vivent en amytié.

281. — En marge : « L'interpretation de la Toyson d'or. Allusion a ce que dit Vergil » :

Nec varios discet mentiri lana colores,
Sponte sua sandix pascentes vestiet agnos. »

(Virg. *Buc.* IV, 42 et 45.)

287. — En marge : « L'interpretation de l'Ordre S. Michel. »

288. — En marge : « Michael pugnans cum dracone. »

Tel est le sens de l'ung et de l'aultre ordre
Que Guerre a mis souvent en gros desordre.
  Cesar le duc d'Orleans regarda,
Et le duc luy : « Pourquoy » luy demanda,
« A tous ces huys brusle l'on tant de cire?
A feu du Roeulx j'ay souvent ouy dire
Que, quand par cy feu mon pere passa,
Qu'il conduisoit, tout ainsi l'on dressa
Du luminaire, et alors non sans cause,
Car, luy entrant, la nuyct s'en alloit clause;
Mais, a ceste heure, user telle clarté,
C'est n'estimer de ce jour la beaulté. »
  Jamais parole ou l'oeil seul il ne dresse
Vers ce beau duc que de luy la junesse
Ne s'en hontie, et lors ne l'entendoit,
Tant s'approchast, dont chacun d'eulx perdoit
L'ung sa demande et l'aultre son respondre,
Pour le grand bruyt que l'on n'eust sceu confondre.
  Le Roy, veoyant la foule s'escouler,
Monte a cheval, pour au palais aller
Et veoir l'apprest qu'on y faict : ceste peine

300. — Le « feu » du Rœulx, dont il s'agit ici, est évidemment Ferry de Croy, seigneur de Rœux, de Beaurain, etc., grand maître d'hôtel de Charles-Quint, mort en 1524, père du comte de Rœux, que Charles-Quint, en octobre 1539, avait envoyé à Gand pour essayer d'apaiser les Gantois.

301. — Philippe le Beau, archiduc d'Autriche, empereur d'Allemagne (1478-1506).

Prend avec son cardinal de Loraine.
Du grand chemin s'esloignent, lors a plain
Peurent juger combien Paris est plein
De gens sus gens, car ilz n'entrent en rue
Que de courrans ne soit toute bastue.
Comme au printemps que les nouvelles fleurs,
Variant l'air de leurs mille couleurs,
En leurs peschiers, tous plantez a la ligne
Des deux costez de une ancienne vigne :
Si tourbillon aulcun sourt en ce lieu,
Il couvre et bat la sente du meillieu
Des drues fleurs qui encor s'effueilletent,
Et en leur cheute avec le vent volletent.
Le Roy aussi tous clochiers ouyt sonner ;
Après se font les deux Roynes mener
Suyvant leur train dedens mesme lictiere.
Navarre estant assise la derniere,

316. — Jean, cardinal de Lorraine (1488-1550), évêque d'Agen en 1538.

331. — On lit en marge : « Imitation de l'eunuchus Candacis regine et de S. Philippe, devisans en une lictiere et de la femme d'Agamennon. » — Le seul rapprochement que nous puissions établir entre les vers qui suivent dans notre poème et le passage des *Actes des apôtres* (ch. VIII), relatif à l'eunuque de Candace, reine d'Éthiopie, est que dans les deux cas le dialogue a lieu dans une *litière*. Quant à Clytemnestre, nous ne savons ce qu'elle vient faire ici.

332. — Marguerite de Valois, sœur de François Ier, ép. en secondes noces (en 1526) Henri II d'Albret, roi de Navarre.

France luy dit : « Seur, nous nous oublions :
Ou est ma niepce? O! que nous n'allions
Sans l'avoir cy! Que n'ay je ainsi la mienne!
J'ai beau escrire et prier qu'elle vienne,
Mon frere mesme est sans elle venu. »
  Navarre lors : « Luy fut il soubvenu
Vous l'amener, veu que pas ne soubvintes
Vous mesme a vous l'amener quand vous vintes?
C'est part de vous et en qui survivrez
Après la mort, quand plus vous ne vivrez. »
  France respond : « La part voire meilleure,
Elle est de moy et ou vi des ceste heure :
Record d'enfans est tresdoulx, mais aussi
De leur absence on a moult de soulcy.
  La mienne vient estre ung peu plus grandette :
De belle mere o tresbelle fillette,
Icy près moy que droict veue soyez
De vostre mere et que aussi la veoyez. »

333. — Éléonore d'Autriche, sœur de Charles-Quint, avait épousé François Ier, en 1530, à la suite du traité de Cambrai.

334. — Jeanne d'Albret, fille de Marguerite de Navarre et d'Henri d'Albret, avait alors 12 ans.

335. — Éléonore fait évidemment allusion ici à son autre nièce, Marie, fille de Charles-Quint, qui, plus tard, devint archiduchesse d'Autriche et impératrice d'Allemagne, par son mariage avec Maximilien II.

347. — Marie, fille de Charles-Quint, était née, comme Jeanne d'Albret, en 1528, et avait donc le même âge qu'elle.

Navarre lors : « O! vers ceste contrée
Quelle amytié, madame, avez monstrée,
De tel plaisir vous frustrant, ramenant
Enfans d'aultruy, la vostre abandonnant,
Et attirant jusque icy vostre frere! »
France : « Rendu je les ay a leur pere ;
J'avois donné conseil moy mesme au Roy
De s'en aller, les baillant soubz ma foy
De les luy rendre; et n'eusse je esté dure
Au pere et eulx et faict trop griefve injure
De leur faillir? Et ains qu'ilz fussent mis
Dessus la mer, on leur avoit promis
De les mener veoir leur pere; Madame,
D'oeil soubriant, mais, ce croy je, en son ame
Travaillant moult : « Ha! Messieurs! » leur disoit,
« Adieu, Messieurs, allez, » et les baisoit;
« Allez, enfans, vostre pere vous mande;
Dictes luy bien que a luy me recommande. »
Enlevez sont au dangiers de la mer
Commençant bruyre a force et escumer,
Le vent, l'oraige et Fatal les apporte.
L'amour de veoir leur pere les conforte,
D'aultre costé le bon Roy s'en alloit;

363. — Les enfants de France, François et Henri, avaient dû, en vertu du traité de Madrid (1526), être les otages de leur père. — Louise de Savoie, régente de France, qui négocia plus tard avec Marguerite d'Autriche le traité de Cambrai, dit *Paix des Dames* (1529), était morte le 29 septembre 1531.

Leur vaisseau veit et plus il ne voulloit. »
  Navarre lors : « Ilz apprindrent bien jeunes
Avoir du mal; telles sont les fortunes.
  — Je les avois, » dit France, « faict venir :
Ne deu je bien loyaulté leur tenir? »
  Navarre : « Quand entrastes a Bayonne,
Tenant tous deux, j'ay souvenance bonne
Que le Roy tout vers vous passionné,
« Ores me veoy, » disoit, « desprisonné ! »
Et, en repos soit! nostre bonne mere
Imagina, le tout deduict, que guere
Ne survivroit; avecq elle j'estois,
Comme icy suis, et son geste notois
Plus que ses motz, empeschez de sa joye :
  « Non, » me disoit, « que lassée je soye
Des biens et maulx, mais maulx plus largement,
Dont me suis veue en divers traictement;
Ne sçay pourtant que plus face sur terre :
Au fort je laisse a tant France sans guerre.
  Le Roy partout y ait faict tout debvoir
De sa personne, en fu je sans avoir
Moult grande craincte et horreur merveilleuse,

382. — En marge : « Liberatus non videtur qui filium obsidem reliquit. Bald. et domi de Rota. » Il s'agit sans doute ici d'une citation du jurisconsulte Baudouin de Bologne et d'une décision du tribunal ecclésiastique de la *Rote* à Rome.

395. — En marge : « Amour maternelle. »

Veu sa junesse a tout adventureuse,
Que denoncer on me le vint rué
De son cheval, fort blessé ou tué.
  Il y fut pris, Fortune y fut maistresse,
Vaincre il convint sa force par sagesse;
Luy, et après ses enfans j'ay remis
En liberté, et de leurs ennemys
Faict leurs amys. Ont ilz voulu ostage?
Ostage j'ay d'eulx vers moy et leur gage
De leur presente et future amytié,
Car ne sourdra jamais inimitié
Que nostre Royne ayséement n'appayse,
Pourveu que, comme on doibt, on luy complaise. »
  Ainsi disoit, et veritablement,
Car a present le veoyons clairement.
Ne croy pourtant qu'elle eust lors en pensée,
Veu l'amytié bien peu encommencée,
Que l'Empereur assembler vous deussiez
Avec le Roy, et que tant vous peussiez,
Sans que, on le veoyt, le vray passast le croire,
Et a durer de ce faict la memoire
Ahannera; le monde en est heureux.
  Mesme a bon jour vint le conte du Roeulx
En asseurer le Roy dedens Compienne :
Le Roy en veit la maladie sienne
S'en affoiblir : ung message plaisant,

398. — En marge : « Esperit de maistresse dame. »

Cognu je la, est moult de bien faisant. »
Navarre ainsi d'eloquence posée
Faisoit son compte, et comme la rosée,
Venant du ciel sur l'herbe soefvement,
La faict s'estendre et fleurir largement,
Ainsi attraict la Royne Leonore,
En la louant, a faire mieulx encore.
Dens le palais arrivées, l'ont veu
Mignonnement de tout tresbien pourveu,
Et d'escharfaultz tapissez pour leurs femmes.
Desja leurs places y prenoient plusieurs dames,
Tant de Paris que d'entour, de la vont
Ou doibt coucher l'Empereur, et y font,
Present le Roy, des grandes mesnageres
Privéement aydans aux tapissieres.
La chambre fut et garde robbe aussi
Toute tendue en satin cramoysi,
Enlevé d'or a haulte broderie,
Et elle estoit en la chancellerie.
Porte Baudet jadis fut dit l'apport

424. — En marge : « Fluat ut ros eloquium meum, quasi ymber super gramina. Pindare faict semblable comparaison. »

435. — En marge : « Agamennon et Achilles avoient femme pour parer leurs chambres, mesmes au camp. »

441. — En marge : « L'apport Bandoyer. » Voir, pour une étymologie plus certaine de ce nom le *Bulletin de l'histoire de Paris,* I, 41-2. — Nous lisons dans *Guillebert de Metz* (éd. Leroux de Lincy, 1855, p. 70) : « Et a la porte Baudet vendoit on

De Baudoyer, et ne le fut a tort,
Car soit de chair ou poisson ou fruictage,
Apport y a et de tout courtillage.
Mais est il rien qui ne soit desguisé
Par laps de temps ? Or il est devisé
En deux chemins ; le train se meit au dextre,
Et l'Empereur ne povoit encore estre
Hors le carroy, que les centz hacbuttiers,
Six vingtz archiers, soyxante arbalestiers,
Car tant ilz sont en l'estat de la ville,
Passoient le pont en armée gentille,
En haucquetons tous orfaverisez.
 Le Roy tresbien les avoit advisez :
Fiers s'en tenoient, mesmes leurs capitaines,
S'eslevans la en pensées haultaines,
Chacun droict soy. Après, le guet marchoit,
Tous leur estoille au doz, et chevaulchoit
Coursiers, roussins, pleins de feu et furie :
C'est, a les veoir, toute chevalerie,
Tous gens d'eslitte alaigres et dispos.
Paris leur doibt, pensent ilz, son repos :

moult de vivre. » *L'Ordre tenu et gardé...* (fº dj) nous dit qu'il y avoit à la porte Baudoyer « ung theatre ou eschaffault sur lequel estoit assis ung verger florissant semé par tout de lis blancz au mylieu du quel y avoit une fontaine qui rendoit eaue de tous costez... »

461. — En marge : « La puissance du prevost du guet en Paris. »

Durant qu'on dort, ilz veillent, vont et viennent,
Et en leur main la moictié du temps tiennent
L'auctorité nocturnale par tout,
Tant que la ville est grand de bout en bout;
En leur enseigne ont la grand aigle noire,
Pleins a ce jour de imperiale gloire.
Après, venoient deux centz filz de marchans,
De plus grand grace encore chevaulchans :
Bonnetz avoient chargez d'imagerie,
Chaynes au col, sayons de broderie
Et passement sur leur tresfin velous,
Sur cramoysi de une livrée tous.
Honteux seroient que les Orleanistes
Ou Poictevins eussent esté plus mistes;
Les d'Anverroys au Roy quand il ira
Facent aultant! La leur coeur on verra.
De trois couleurs portent l'estroicte manche
Soubz bras pendants cueillie sur la hanche;
De satin verd sont les caparassons
De leurs bayars, leurs moreaux, leurs grisons.
L'Empereur vient par la Coustellerie

469. — En marge : « Les mignars de Paris. »

477. — Notre auteur nous rend compte de la rivalité d'Anvers et de Paris par ces mots mis en marge : « Les Parisiens appellent Anvers le petit Paris et ceulx d'Anvers se tiennent plus riches que les Parisiens. »

483. — La rue de la Coutellerie, qui tombait dans la rue de la Vannerie, presque perpendiculairement à la Seine, s'appelait, au

Jusqu'au carfour nommé La Vannerie,
Ou fut jadis la planche de Mibray;
Tel nom portoit pour la vague et le bray

xive siècle, d'après Sauval, la *rue aux Commanderesses*; « les Couteliers qui vinrent s'établir dans cette rue, » nous dit Jaillot dans ses *Recherches... sur la ville de Paris*, III, 45, « lui firent perdre son ancien nom pour prendre celui de rue aux *Couteliers* et *de la Coutellerie*, qu'elle portoit dès le règne de Henri II. » Notre texte prouve que dès 1539 au moins ce nom existait.

484. — La rue de la *Vannerie*, parallèle à la Seine, conduisait de la rue *Planche-Mibray* à la place de *Grève*; le carrefour dont parle Macé était celui que formait avec la rue de la Vannerie la rue de la Coutellerie; ce carrefour, nous dit Jaillot (*Loc. cit.*, III, 54) avait été formé « par le retranchement de quelques maisons, qui fut ordonné le 19 mars 1565. » Le *carfour* existait avant 1539, comme l'indique notre poème.

485. — Nous reproduisons, d'après l'édition qu'a donnée Leroux de Lincy, le passage où Raoul de Presles parle de la *Planche Mibray* : « Ceste porte (la porte St-Merri) aloit tout droit sans tourner a la riviere au lieu que l'en dit les *Planches de mi bray*; et la avoit .I. pont de fust qui s'adressoit droit a Saint Denis de la Chartre et de la par mi la cité s'adressoit a l'autre pont que l'en dit le Petit Pont. Et estoit ce lieu dit a proprement parler les *Planches de mi bray*, car c'estoit la moitié du bras de Saine; et qui avroit une corde et la menast de la porte Saint Martin jusques a la riviere et par la riviere a la Juyerie droit au petit pont de pierre abattu et de la a la porte Saint Jacques, elle yroit droit comme une lingue sanz tourner ne ça ne la. » (*Paris et ses historiens aux XIVe et XVe siècles*, p. 109-110, dans l'*Histoire générale de Paris*). — Cette étymologie de *Mibray*, que reproduit avec tout ce passage un autre historien de Paris, Guillebert de Metz (*Ibidem.*, p. 138-139) est purement enfantine : le mot *brai*, d'origine celtique, signifie *boue*, *vase*, et la *Planche*

Getté de Seyne en une creuse tranche
Entre le pont que l'on passoit a planche,
Et on l'ostoit pour estre en seureté.
  Noble Paris, tel as jadis esté!
O le Fatal de ta prime naissance!
Encore au monde il n'estoit bruyt de France :
Troys roys tenoient toute la Gaule ; ainsi
L'on appelloit ceste region cy,
Et convenoient a s'entr'ayder d'eulx mesmes.
Pour ce ilz avoient trop royaulx diadesmes
En ung enseigne : en si belle union
Vivoient les roys de ceste region.
  L'extreme faim a tant chassa les Scythes
De leurs marestz et frigoreux limites,
Dont en escu troys grenoilles portoient.
  Ainsi sur toute Europe se gectoient ;
Et, enrichiz des gallicques despoulles,
Laisserent cy leurs armes de grenoulles
Pour leur memoire, et moult y ont duré.
  Paris depuis long temps a demouré
Tousjours petit, mieulx ung bourg que une ville.
N'encore estoit assez bastie l'ille,

mi brai était un pont qu'on avait établi pour permettre aux habitants de puiser de l'eau à la Seine sans trop s'embourber. — Le vers de Macé, avec le mot *jadis*, nous apprend qu'en 1540 la planche Mibray n'existait plus.

504. — En marge : « Les troys grenoilles et non crapaultz des armes des Scythes. »

Quand, l'ayant veu, Julian l'apostat
D'amour de luy escrivit son estat :
De Seyne il dit que grand bien en aborde
Et que jamais ou gueres ne desborde.
  Aultre Empereur, o Paris, te vient veoir;
Tant creu tu es pour plus le recevoir
Capablement, et est aultant preudhomme
Que le premier inhumain et faulx homme,
Petit ne peult pourtant estre l'honneur
Et le bon loz donné d'ung grand seigneur :
Au mot de telz les biens se multiplient,
Car le Fatal de ce monde ilz manient.
  Encore lors le mont Valerian
Estoit nommé le mont Venerian,
Et le mont Martre on appelloit encore
Le mont de Mars; le change les decore.
  Les chrestiens, Grecs la pluspart, après
Feirent pour eulx Sainct Estienne des Grecz.

512. — En marge : « Sequana nunquam, aut raro, mundat. »

522. — En marge : « Mons Veneris. » — Cette étymologie est inacceptable; le nom actuel du Mont Valérien ne paraît pas avant le XIIIe siècle. (Cf. Lebeuf, *Hist. du diocèse de Paris*, VII, 126-127.)

524. — En marge : « Mons Martis. » — Tous les historiens de la ville de Paris hésitent entre les étymologies de *Mons Martis*, *Mons Mercurii* et *Mons Martyrum*; cette dernière semble plus vraisemblable. — Montmartre, non plus que le Mont Valérien, n'a été oublié par Villon, qui les cite dans son *Grand Testament* (éd. P. Jannet, 1867, p. 81).

526. — Cette étymologie est plus que contestable; voir à ce

Pensant ce temps, mon coeur d'amour s'eslieve
D'amour vers toy, o Saincte Geneviefve,
Bergere lors sur ton hault mont Lecu,
Maintenant dit du vulge Montagu.
Tes doulx aigneaux, belans après leur mere,
Paisoient entour, mais tu n'en menois guere,
O bien heureuse, o belle paovreté!
Ta mere et toy, paovres avez esté.
Des lors pourtant tes compaings et compaignes
Accouroient la des prochaines montaignes,
Cueillant des fleurs, et quand il faisoit beau,
Tes blondz cheveulx couronnoient d'ung chapeau;
Ainsi de toy, comme de la plus belle,
Faisant leur royne. O noble pastourelle,
Des lors aymée et hantée de Dieu!
S'on l'eust cognu, il estoit au meillieu,
En pastoureau, de ces gentes fillettes,
Et leur trouvoit luy mesme les fleurettes.
L'heure passant, ton tropeau quelque foys
Tu ramenois. Ta mere a haulte voix

sujet une note de MM. A. de Montaiglon et J. de Rothschild, dans le Xe volume du *Recueil de poésies françoises des XVe et XVIe siècles*, p. 3, concluant à l'adoption de *gressus* et non de *græcus*.

529. — Le mont Lecu, « Mons Lecuticius, » était l'ancien nom que portait la montagne Sainte-Geneviève. On voit de plus que le collège de Montaigut, fondé en vertu du testament de Gilles Aycelin de Montaigut, en date du 13 décembre 1314, était situé sur la montagne Sainte-Geneviève.

T'alloit criant, trop estois enjouée,
Te chastia d'une grande jouée ;
Le sang en vint : aujourd'huy le ruisseau,
Ou te lavant tu moullois ton drappeau,
Vest par honneur Justice d'escarlatte :
Fault il que ainsi fille si belle on baste !
  Sur l'heure donc, Christ qui te accompaignoit,
Comme du coup le coeur tout luy seignoit,
Ta mere, helas ! aveugla ; son oultraige
Sentit, non veit, dessus ton sainct visaige.
  Par toy après sa veue recouvra,
Ou Dieu le faict et le deffaict ouvra.
Impetre doncq que par ou je chemine,
Car il ennuycte, aussi il m'enlumine ;
Ce que j'en fais, c'est pour l'amour de toy,
Pour t'honnorer j'honnore ton terroy.
  Vierge o de paix, sois icy ma patronne,
Des guerres non, car tu n'es Amazonne.
  Paix la, paix la, je me sens exaulcé,
Ung long flambeau elle mesme a haulcé ;
J'en veoy le jour, ne le temps rien ne coeuvre
Qu'allant devant elle ne me descoeuvre,

551. — En marge : « Le parlement en escarlat. »

558. — Cette légende de Sainte-Geneviève est celle qu'ont consacrée les Bollandistes ; nous lisons en effet à la vie de Sainte Geneviève *(AA. SS.*, I, 138, *en manchettes)* : « Mater eam percutiens fit cœca... Aquà à filià benedictà linit oculos et sanatur. »

Le Roy ayt faict en son Fontaine Bleau
Pour l'Empereur feu merveilleux en l'eau :
Chemin a Paix de son cierge elle enseigne
En son Paris du hault de sa montaigne.
Ainsi jadis le corbin aeré
Dressa le grand Alexandre esgaré
Par les desers au viel Hammon son pere.
Près ce sainct temple il avoit son repaire,
Car si Hammon fut tenu pour divin,
Bien luy sembla l'industrieux corbin,
Et lors sentit que serchoit ce monarche ;
Comme tressaige envoyé fut de l'arche,
Car moult de biens luy a Phoebus apris,
Que n'eust pour tant sans grand peine compris,
Tant feust d'engin facilement docile,

569. — En marge : « Le feu nocturnal a Fontainebleau. »

574. — Cette légende, quoique un peu modifiée, a été empruntée, comme nous l'indique en marge notre auteur, à Diodore de Sicile (XVII, 49), sans doute d'après la traduction latine de cet historien grec, faite en 1516 par Ange Cospo, peu de temps après la découverte en Allemagne des livres relatifs à Philippe et à Alexandre. Nous retrouvons le même fait, mais toujours avec quelques changements, raconté dans Arrien (III, 3) et dans l'*Itinerarium Alexandri magni* (parag. 50), qui est avec Julius Valerius la principale source de l'épopée Alexandrine au moyen-âge. Cf. Morel-Fatio (*Romania*, IV, 7-90) qui dans une étude sur l'Alexandre espagnol, cite (p. 65) un passage que l'on peut plus particulièrement rapprocher du nôtre.

Mais Phoebus, lors que a Phoemone, sa fille,
Simplette encor monstroit, soubz grans sermentz,
Tout le secret de ses enchantementz,
L'oyseau soigneux oyoit ceste pucelle
Recorder tout, faignant dormir près d'elle.

584. — En marge : « De Phoenone Plinius. » Pline, dans son *Histoire naturelle* (Liv. X, chap. 3) dit, en parlant d'une espèce d'aigle : « Phemonoe, Apollinis dicta filia, dentes ei esse prodidit, mutæ alias, carentique lingua. »

II.

Or l'Empereur de Mibray se tournant,
Devers le pont, l'air dessus luy tonnant,
Crea, sembloit, une teste de forme
Difforme ung peu a l'homme, ung peu conforme :
La resplendeur de sa face doroit
Ou que parvint, et par rayons couroit
A tous endroictz : si hardie personne
N'en est attainct qu'il ne tramble et s'estonne.
L'oeil, la cuydant regarder, s'esblouyt,
Et le coeur meu pourtant s'en resjouyt,
Et elle encor n'estoit que demy nue,
L'aultre demy, com de tenue nue
Enveloppée; et l'on sentoit voler
Milz doulx esprits, mais sans les veoir, en l'air ;

589. — Voy. plus haut v. 485.

591. — En marge : « Aulcuns philosophes dient que ex simplici aere creantur forme sicut ex ceteris elementis a la similitude des choses subjectes desja creées. »

L'air sus et soubz s'en devise et desperse.
C'estoit, c'estoit quelque divine espece :
Ceste noble isle est hantée de Dieu,
C'est le tuteur et garde de ce lieu ;
Qui pense mal, qui n'a coeur nect n'y entre :
Soubz luy la terre ouvre son obscur centre.
Aultres disoient estre l'heure genial,
Suyvant par tout le chief imperial,
Qui en sa grace et bonté se demonstre
Presentement ; et aussi ceste monstre,
Sur ung hault aigle estant la s'agistoit
Qui son oeil franc a sa clarté gettoit,
D'ongles serrant plusieurs monstres horribles,
Tigres, dragons par aultres non vincibles.
Auprès estoit ung escharfault dressé,
Ou vierge Paix, son long chief d'or tressé,
Sembloit de près une tresbelle ymage :
Viaire rond, linge et longuet corsage,
Main blanche et molle, ung doy greslet et long,
Dont tient ung abre aussi droict comme ung joncq.
Aulcuns disoient : « Quel abre est ce ? — Une olive

616. — Notre auteur a bien soin de nous faire remarquer qu'il n'obéit pas absolument ici à la vérité ; il dit en marge : « En ce je imite la fainncte, car je ne trouve poinct que les aigles combatent les tigres, bien les dragons. »

623. — En marge :

...tarde crescentis olive (Virg. *Géorg.* II, 3).
...ramos (*l.* sylva) vivacis olive (Virg. *Géorg.* II, 181).

Tardive a croistre, afin que long temps vive. »
A l'entour d'elle, il y a quelques seps
Infructueux, ce semble, et ja tous secz.
Vers eulx se tourne : ilz furent a merveilles
Pleins de boutons et de petites fueilles :
« C'est au dangier, » disoient les vignerons,
« De la gelée, ou grand vinée aurons. »
Près d'elle aussi le bled ja grand s'espie,
Et au sentir de fleurir a envye ;
Pruniers, peschiers et poyriers et pommiers
Fleurissoient la, croy je bien, les premiers.
Puis or, argent et toute aultre richesse
Gettoit aux gens, et l'on crioit : « Largesse! »
Encore contre y a aultre escharfault
Dessus lequel Discord forcené sault ;
Sa barbe en sonne et ses cheveulx herissent,
Et ses gros yeulx de cruaulté s'emplissent.
Sur une dame il court l'espée au poing :
Que feroit elle? Elle s'enfuyt au loing ;
Elle s'escrie : « O! vive qui peult, vive! »
Pasmée chet, a tout le ciel plainctive,
En sangloutant de tout son bel et bon
Anichilé en cendre et en charbon,
Sa belle enfant enlevée et forcée,
A son visaige, ou d'excès trespassée.
Frere, mary, filz tuez ou meurdris,
Seurs se tenoient ou ilz ont esté pris,

En leur eglise ensemble violée,
Pleine de meurdre, effondrée, bruslée.
Ung espicier, de noir tout veloutté,
Suyvoit a pied l'Empereur, de cousté,
Suant, soufflant : « Je vous plains, » luy va dire
Ce bon Auguste, et ung peu se retire,
Que tant ne feust le vieillard oppressé.
L'Empereur mal ne s'estoit adressé :
Toute sa vie avoit courru l'Hespaigne,
Flandres, Brabau, Hollande et Alemaigne,
En traficquant; si luy a respondu,
Comme marchant hardy et entendu :
« Sire, l'on n'a ung tel honneur sans peine, »
Et, ce disant, se mettoit hors d'haleine.
« De cinq estatz, orfebvres, espiciers,
Et bonnettiers, pelletiers et merciers,
De chacun quatre esleuz entre aultres sommes,
Comme povez estimer, tous preudhommes,
Pour les appuis de ce poelle porter
Chacun son tour; il reste supporter
L'insuffisance et petitesse nostre
Vers la haulteur de la Majesté Vostre. »
Ainsi disoit, mesland de l'alemand,

651. — En marge : « Comparaison honteuse de l'eglise violée a une fille, prononcée par une mere transportée. »

652. — En marge : « Ceulx qui ont droict en Paris de porter le poelle. »

Du portugaiz, genevois et flammand;
Ce que sembloit l'Empereur tresbien prendre,
Mais pour le bruyt ne povoit tout entendre.
Tel doulx acueil, qu'est ce, sinon ung peu
De sa bonté? Et cest homme tout meu
En devint fraiz, comme sentant quelque umbre
D'une forest mere d'abres sans nombre.
Or l'Empereur est desja sur le pont
De Nostre Dame, et l'air encor respond
A mil canons, dont la noble Bastille
L'avoit entrant salué pour la ville.
Ilz furent faictz pour briser et tuer,
Et maintenant servent a saluer!
O le bon temps! O le bien heuré siecle!
Secle dormant soubz le vol de cest aigle,
Secle a seurté de la fouldre des cieulx,
O comme tout desja se tourne en mieulx!
Sur ce long pont estoit mise une porte
A chacun bout, ou, en superbe sorte,
A double chief, cest aigle, coronné
Et de maintz grans escus environné
De tous pays, ores joinctz a Bourgongne,
L'Empereur estre ung grand terrien tesmongne.
Ung ciel y a de l'hierre tout verd,
A lacz d'amour et lampes d'or, couvert
Encor dessus d'une gente courtine,
Le long du pont, de belle toile fine.

Oultre plus, mil serenes et tritons,
Et soubz chacun leur amoureux dictons;
Encor dessoubz, aux ouvroirs et fenestres,
Mil petis corps de deesses terrestres :
Toute jeunesse en leur acoustrement
De chief, de corps assis tresproprement.
L'une est Brugeoyse et l'aultre Bruxelloyse,
L'aultre Ganthoyse et l'aultre Hollandoyse;
Toutes le moins elles ont de Paris
Fors doulz maintiens et naturelz soubris.
A leurs mariz ou leurs freres soubrient,
Passans en ordre, et leurs filles les crient;
Sur mulles font vers Cesar leur debvoir,
Et elles la, mais les pourra l'on veoir?
Les beaux tappis troussent, cueillent, atachent:
De batre ainsi dessus les yeulx leur fachent;
Trop longz ilz sont, pour ce on les a troussez.
D'aultres beaultez y a par tout assez;
Ung peu le train de devant se retarde,
Afin que mieulx l'Empereur le regarde.
A tant parvient, non sans estre moult las
Du bruyt des gens, non obstant mil soulas,
A Nostre Dame, ou Chanoynes, en belle

714. — En marge : « Le Roy avoit commandé que tous estatz feissent leurs debvoirs envers l'Empereur, et pour ce je l'ay faict en ce present traicté; si je n'eusse esté malade ce caresme, j'eusse plus tost monstré diligence. »

Procession de feste solennelle,
L'ont veneré de chappes, cierges, croix,
Orgues tonans pour respondre a leur voix.
Presentez sont par le Legat avecque
Le cardinal du Bellay, leur evesque.
L'on le veoyt la, s'il sçayt bien chevaulcher,
Encore mieulx luy siet il a marcher.

L'oeil a tous gette, et après quelque breve
Devotion, pour l'heure se releve,
Disant en soy que mais que il eust loysir :
Y reviendroit orer a son plaisir.

Voulentiers veit Sainct Christofle, de forme
Si haulte, grosse, epouvantable, enorme;
Et remontant, dit de tout le vaisseau,
Qu'aultre ne sçayt si massif et si beau.

727. — Ce légat, que nous voyons déjà figurer au v. 206, était le cardinal Alexandre Farnèse (*Gall. christ.*, I, col. 832).

728. — Jean du Bellay, évêque de Paris en 1532, cardinal en 1535, mort en 1560, rendit durant sa vie de nombreux services à François Ier contre Charles-Quint.

735. — Saint-Christophe, dont le nom signifie *qui porte le Christ*, était représenté ordinairement au moyen-âge, sous la figure d'un géant portant le Christ sur ses épaules et s'appuyant sur un bâton ; la vue de ce saint préservait, suivant la légende, de la male mort, aussi était-il l'objet d'une dévotion presque universelle. Ses restes furent transportés d'abord à Tolède,. puis, du moins en partie, à l'abbaye de Saint-Denis, en France. La statue colossale de ce saint, qui existait déjà, en 1540, dans la cathédrale de Paris, fut détruite en 1784.

L'embassadeur pour le roy d'Angleterre,
Veoyant Cesar aller faire la guerre
Au duc Clevois, a son maistre allié
Nouvellement, l'avoit pieça prié
Se desister, aultrement que son maistre
Estoit tenu vers son beau frere d'estre
De ses amys; il avoit respondu
Que ayse il estoit d'avoir lors entendu
Son estomach, et que tousjours en doubte
L'avoit tenu ; au fort, peu il redoubte
Ung homme tel, ains s'il le fache, ira
En Angleterre, et la le punira.
Et en parlant, devenoit palle et blesme.
L'Anglois de luy consulta dens soy mesme :
« A sa grandeur rien que grand ne convient;
Que pense il faire? Ou appetit luy vient
De s'aggrandir et haulser, en vieillesse,
Le fondement des faictz de sa junesse;

739. — Edmund Bonner, évêque de Londres, était ambassadeur d'Angleterre résidant en France au 1er janvier 1540. Peut-être s'agit-il plutôt ici de sir Thomas Wyat ou de son successeur Richard Tate qui, tous deux, se trouvaient à Paris le 7 janvier 1540. (Cf. *State papers. Forgn Corrdce. Henry VIII*, VIII, 219 ss.)

741. — Guillaume, duc de Clèves, dont la sœur Anne épousa le roi Henri VIII, le 6 janvier 1540; le poète a antidaté cet évènement.

752. — En marge : « Sollicitude et reverie de diligent Embassad[eur]. »

Ou, s'il ne peult a plus hault parvenir,
En son present se veult entretenir.
De s'aggrandir Fortune est si grillante!
On fault si tost avec elle inconstante!
A plusieurs gens elle a jadis soubmis
Sa deité, lesquelz après a mis
En piteux ordre; ou sont mortz avant aage,
Ou en vieillesse encouru maint domage.
Il est si grand qu'il a peu de mortel,
Joinct qu'il a fait son renom immortel.
Gloire ses faictz pour jamais vivifie,
Gloire desja presque le deifie.
Que veult il plus, luy tresriche seigneur?
Que veult il plus que la paix, de son heur
Conservatrice? Estre en gloire immortelle
Et en repos, c'est mener vie telle,
Ou approchant de celle qu'ont les Dieux,
Et s'affecter ja le regne des cieulx.
S'il est donc saige, a ce qu'il a se tienne;
Regne content, que subject ne devienne:
Plus on est hault, plus on trebuche bas!
Telz de Fortune encor sont les esbatz.

768. — Le mot *deiffier* était sans doute peu employé en 1540, puisque Macé se croit obligé d'en citer un exemple : « *Deifie.* De ce mot a usé celluy qui a faict le prologue de Lancellot presenté au roy Charles. » Ce ms. n'est pas à la Bibl. nationale.

774. — En marge :

...viamque affectat olympo (Virg. *Géorg.* IV, 562).

Or le hault ciel et la plus basse terre
Scrutable n'est, tant l'on s'en puisse enquerre,
Et encor moins le penser d'ung vray roy :
Art si subtil Dieu reserve pour soy,
Mais plus on a, moins on est satiable,
Et ung grand coeur de rien n'est emplissable. »
Ainsi pensoit, puis voulut moyenner
Comme il pourroit le coeur du Roy tourner.
L'heure au palays espia, pour luy dire
Non clairement le final ou il tire,
Mais pour sentir ou a son geste veoir
Quel coeur il peult presentement avoir :
« Sire, » luy dit, « les choses plus petites,
Dont ung honneur immortel tu merites,
C'est d'estre roy tresgrand et trespuissant;
Maint aultre fut, devant toy, joyssant
De ces tresbeaulx et tresexcellentz tiltres,
Administrant ce que tu administres.
Ta courtoysie et franche loyaulté
Valent trop mieulx que telle royaulté.
Doubtable n'est que par armes ne puisses
Dominer tous : tesmoingz en sont les Suysses,
Ausquelz, par toy en personne desfaictz,

781. — L'auteur cite en marge le passage des *Proverbes* (XXV, 3), qu'il ne fait que paraphraser.

801. — Allusion à la bataille de Marignan, 13 et 14 septembre 1515, où la victoire fut longtemps balancée.

N'y a exploictz que l'Empereur ayt faictz
A comparer. Son majeur le duc Charles,
Du quel au loz de si bon coeur tu parles,
Aulcunefois contr'eulx s'acharna moult.
Mais quoy! peut il ainsi venir a bout
De telz meurdriers, devoreurs de leurs vies,
Par leurs fureurs belluynes ravies,
Avant leur mort? Ce grand duc tresheureux
Et tresexpert fut desconfict par eulx,
Et y mourut; et alechez de ceste
Foelicité, chacun haulsoient la teste,
Jusqu'a veoir sus roys, papes, empereurs.
   Paovres estoient, devindrent conquereurs,
Tant redoubtez furent de leur victoire
Contre ce duc, des Bourgoignons la gloire!
Les chastieurs des princes s'appelloient,
Et en ce nom contre toy querelloient
Le tort d'aultruy, contemnans ta junesse.
   Pour essay doncq de ta haulte noblesse,
A Marignan, après t'avoir failly
De convenant, toy par eulx assailly,
Feis de leurs corps horrible boucherie,

803. — Charles-le-Téméraire, bisaïeul de Charles-Quint, par sa fille Marie de Bourgogne, mère de Philippe-le-Beau.

810. — Il suffit de rappeler ici le nom des batailles (1476-1477) de Granson, de Morat et de Nancy, cette dernière où mourut Charles-le-Téméraire.

De ta main propre, encor mal aguerrie.
Le ciel, ce jour, en plein esté, tout blanc,
Venant le soir, prit couleur de leur sanc,
Infect, pollu, et dura la meslée
Tant que la nuyct clause l'eust desmeslée.
Elle couvrit leur honte et ton honneur,
Et en frescheur nourissoit ton bon heur,
Pour le matin; et ilz se releverent,
Et prest aux coups des premiers te trouverent.
Dieu ne feit oncq plus vrays coeurs de lyons,
Mortz se vaultroient en leurs rebellions.
Guerre est leur estre, enfans en ont et femmes :
Armez au camp engendrent corps et ames;
A Mars ainsi ilz nayssent endebtez
Rendre ame et corps, comme a luy affectez.
C'est a ton loz, mais l'on viendra a dire
Que ce duc n'eust la force de l'empire
Pour aggrandir sa vaillance et son nom,
Et que jamais n'eut a faire sinon
Pour le plus grand, au roy Loys unziesme,
Ou son sourfilz est duc plus que luy mesme,
Roy plusieurs fois, davantaige empereur,
Et tel qu'au Turc, tant soit grand, faict terreur.
Il l'a chassé, pris Tunis, la Golette;
Aultre menée et plus grand il a faicte :

835. — En marge : « Suysses naturelement bellicqueux. »

847. — Charles-Quint (1532) repousse Soliman qui venait

A Naples mortz sont tes gens, et Laultret;
Et par Bourbon, tien et par luy soubstraict,
Il t'a fait prendre, après saccager, Romme;
A dire bien, vescu n'a si grand homme
Puis huict cens ans, sinon toy. De vous deulx
Je dis ce mot. Pensent tous aultres d'eulx
Ce qu'ilz pouront, mais la personne tienne
A eu partout le bon dessus la sienne.
Ne l'as tu pas vaincu premierement
Près de Meziers, a Aix secondement,
Vous deux presentz, et par quelle victoire?
En le chassant, oeuvre de plus grand gloire
Et convenable a roy treschrestian,
Que si ton fer tu eusses du corps sien
Ensanglanté. Trop mieulx faict qui recule

assiéger Vienne, puis, après avoir vaincu Barberousse, débarque en Afrique et rétablit Muley-Hassem sur son trône. — La Goulette est le nom donné au chenal du port de Tunis, ainsi qu'au château qui le dominait.

851. — Allusions à la trahison du connétable de Bourbon, à la bataille de Pavie, où François Ier fut fait prisonnier (1525), au sac de Rome (1527) et à la mort de Lautrec devant Naples (1528).

858. — Bayard, en 1521, soutint dans Mézières un siège des plus mémorables contre l'Empereur, qui dut se retirer. — Aix, qui avait ouvert ses portes à Charles de Bourbon, voulut résister à Charles-Quint, en 1521; le roi de France ordonna la destruction des fortifications, et Charles-Quint se fit couronner dans cette ville roi d'Arles et de Provence.

Gens furieux que cil qui les egeule.
  L'heur genial de ton humanité
Passe le sien, bien qu'il ayt dignité
Superieure ; et, personne a personne,
Gloire vers toy plus que vers luy s'adonne.
  Et quant au poinct que luy mesmes absent
Par ses soubdars t'a desfaict toy present,
Cela vous mect le hasard de Fortune
Devant les yeulx, pour que toute rancune
Vous obliez, ains que vous hazarder
A telle guerre ou il se fault garder
Des plus petis. En quoy c'est grand merveille
De ta bonté certes la nonpareille,
Que, son beau bruyt sur le monde estendu,
Ung tel seigneur de hayneux a rendu
Ton vray amy, diray je davantaige ?
Ton prisonnier, si avois le couraige.
  O comme tout soubz le ciel va et vient
Tout a son tour ! Ne sçay s'il te soubvient
De quand tu fus en Hespaigne, a fiance
D'asseurer la quelque belle alliance ;
Ainsi, je croy, se fie il maintenant.

875. — En marge : « Il doubte que le Roy ne s'allie avec l'Empereur contre le Roy d'Angleterre, et dit que les plus petis sont a craindre. »

883. — Allusion à la captivité de François Ier en Espagne.

Toy veuf, luy veuf, tout n'est il convenant?
Et, si par tout tu n'entrois a semblable
Solennité, ce fut pour l'execrable
Ferocité de la haine, non bien
Toute obliée en ton coeur et le sien.
La guerre semble a la mer furibunde,
Ou de ses flocz encore se bat l'unde,
Après ung peu qu'il n'y a plus de vent.
La guerre faicte, ainsi l'on veoyt souvent
Encore l'ire avoir quelque durée,
Et nulle paix estre toute asseurée.
Mais aux derniers debatz, Dieu soit loué!
Chacun de vous s'est, ce semble, joué
Sans meurdre gros : ja vostre mutuelle
Fraternité n'y peult estre cruelle.
Le soleil d'or est par foys obscurcy
De quelque nue, et soubdain reclarcy :
Ainsi de vous, la bonté d'ung a l'aultre,
Troublée ung peu et sans la coulpe vostre
Mais d'estrangers, commence a revenir
A sa nature, et pour y parvenir,
L'ung l'aultre sert, l'ung a l'aultre obtempere.
Ainsi le duc Philippe, de luy pere,

886. — Au moment où écrit Macé, François Ier était, en effet, veuf de sa première femme, Claude de France, morte en 1524, et Charles-Quint venait de perdre sa femme, Éléonore de Portugal, qu'il avait épousée en 1529.

En Angleterre estant par mer getté,
Fut du feu Roy reveremment traicté;
Plusieurs entr'eulx differentz appoincterent,
Et mutuelle amytié contracterent.
Le duc tenoit blanche rose en sa foy:
Ains que partir, la meit es mains du Roy,
Pour amortir toute soubspson de hayne.
Le Roy, veoyant le temps de sa certaine
Foelicité, ne voulut refuser,
Tel heur s'offrant, ains sur l'heure en user. »
Ainsy l'Anglois, a quoy le Roy en grande
Honnesteté : « Je, » lui dit, « ne demande
A Dieu premier, et après a tous roys
Que vrays amys nous veoir tous une foys,
Et nostre Europe en paix universelle.
Il n'y a nul que, s'il cherche querelle,
N'en trouve cause; au contraire, qui veult
Chercher accord, bien trouver il le peult.
Sans paix, dresser nous ne povons concile,
Lequel, s'il n'est necessaire, est utile,
Comme cognoit le Roy, mon bon amy;
Pour ce ne fault qu'il se face ennemy

912. — En 1505, Philippe-le-Beau, s'étant embarqué à Middelburg, en Hollande, pour aller en Espagne, fut jeté par une tempête sur les côtes d'Angleterre où Henri VII le reçut avec beaucoup d'égards, tout en le retenant pendant trois mois sous divers prétextes, pour faciliter les projets de Ferdinand d'Aragon.

De l'Empereur, mesmement que Angleterre
Assez encor a de mal sans la guerre,
Et bien vouldrois les sçavoir accorder. »
  Ainsi parlant, se print a regarder
Dedens la court : les maistres des requestes
Y sont desja en grandz robbes honnestes
De velous noir, et Budé des premiers.
  Du grand Conseil aussi les conseilliers
En satin noir, soixante secretaires
En damas noir, puis les pensionaires
Dessoubz Loys, le prince de Nevers,
Et le seigneur Canaples, tous couvers
Superbement; puis Robert de la Marche,
Sieur de Sedan, avec ses Suysses marche.
Après, le grand Escuyer se monstra,

937. — Budé, bien connu comme helléniste, fut nommé maître des requêtes par François Ier, le 22 août 1522, et mourut en 1540 (24 août), quelques mois à peine après l'apparition du poème de Macé.

941. — Louis de Clèves, comte d'Auxerre, second fils du comte de Nevers, Engilbert de Clèves.

942. — Le sire de Canaples était un des meilleurs capitaines de François Ier. Il se distingua surtout aux sièges d'Hesdin (1526), de Montreuil (1535) et de Metz (1552).

943. — Robert IV, comte de La Mark, prince de Sedan, fils de l'historien Robert de Fleuranges, fut nommé plus tard maréchal en 1547.

945. — Le grand écuyer de France était, en 1540, Jacques de Genouillac, dit *Galiot*, seigneur d'Acier en Quercy qui, en 1545, devint gouverneur de Languedoc et mourut en 1546.

Et l'Empereur consequemment entra.
Il descendoit : lors le Roy, son beau frere,
Tout pris, tout meu de cordiale chere,
Tous les degrez descendit l'accoler.
En remontant, on les veoyt parler,
Tous deux chief nud, et en quelz royaulx gestes!
Plus sont les gens nobles, plus sont honnestes.
Veoyant cela, me soubvint d'Herculès,
Receu du bon Evandre en son palays,
Ou mieulx de deux Herculès, l'ung Libicque
Portant ses deux pilliers, l'aultre Gallicque,
Les gens a soy par l'oreille amenant,
De chaine d'or a sa langue tenant :
Si doulcement usa de sa puissance,
Qu'ilz accouroient en son obeyssance.
Tandis Linus, Museus et Amphion,
Pour une bende, et pour l'aultre Arion,
Et Ioppas et Marsyas s'employent,
Troys contre troys; et ungz les aultres oyent,
Et a leur tour leurs chantz ilz ont fournys,
Ceulx la de l'aigle et ceulx cy du phoenix.

954. — Roi d'Arcadie qui, selon la tradition mythologique, donna l'hospitalité à Hercule, quand ce demi-dieu passa en Italie après la défaite de Géryon. Il avait bâti dans le Latium la ville de Pallantée qui plus tard fit partie de Rome (Virg. *Én.* VIII, 52-4).

961-963. — Nous ne savons à quelle source Macé a emprunté la légende de cette lutte entre les poètes de la mythologie grecque, dont il cite ici les noms.

Sur tous oyseaux Jupiter ayme l'aigle,
Par luy servy fut des le premier secle :
Jouvenceau lors encores apprenoit
A gouverner ; toutesfois gouvernoit.
Veoir il voulut ce que tenoit ce monde
En large et long de la machine ronde :
Si se alla seoir de son ciel au meillieu,
A son semblant, et de ce mesme lieu
En ung moment deux noirs aigles envoye.
De ça, de la, l'ung tout droict prend la voye
Vers le ponant, l'aultre vers le levant :
C'est a l'envy qui reviendra devant ;
Et leur tour faict, a mesme heure reviennent,
Et au rentrer l'ung et l'aultre conviennent.
Jupiter pour ce ung corps en feit de deux :
Ainsi tout fut des lors occupé d'eulx.
Le beau Titan, de celeste lumiere,
Et filz premier de Cybele premiere,
La supplia luy donner son phoenix,
Car le veoyoit plein de biens infinitz.
Cybele n'a rien qui tant luy aggrée
N'aussi Titan ou tant il se recrée.
Le noble oysel d'Arabie s'en va
Jusqu'en Egypte, et après s'en reva,
Tendant au ciel ses aelles azurées

978. — En marge : « Ex commentariis in Pyndarum. »

Et son gent col de plumettes dorées
Environné, il semble d'ung collier,
Tout de pur or faict, pour son col lier.
Ainsi la part du monde qui abonde
De plus grans biens il circuit et circonde,
Et est tout seul; trop heureux on seroit
Quand deux phoenix sur la terre on verroit.
Ne fut ce pas hardiment faict a l'aigle
D'aller choisir, en ung champ plein de segle,
Ganimedès, le royal jouvenceau?
Entre plusieurs suyvant ung lappereau,
Il l'empietoit; les chiens après japperent,
Ses gouverneurs leurs bras en hault leverent.
Que feront ilz? Que ne l'ont ilz gardé
Soigneusement? Après bien regardé
Qu'il deviendroit, ilz le perdoient de veue.
Bien fut des dieux ceste proye receue,
Et le Troyen est des premiers des dieux :
Que le plainct on? Perdu n'est qui est mieulx.

994. — En marge : « Si tost que le Roy revint d'Hespaigne, je luy feis presenter par M. de La Chesnaye ung prologue sur mon premier livre de Huc Capet ou je deduisois plus a plain la nature du Phoenix. » — Ce prologue se retrouve au commencement de la *Chronique rimée* de René Macé (Bibl. nat., ms. fr. 4966). Il s'agit sans doute ici de Nicole de La Chesnaye, conseiller au Parlement et auteur de la *Nef de santé*.

1001. — Macé, en marge, renvoie à l'épigramme d'Alciat sur Ganimède. (Cf. *Selecta epigr.*, Bâle, 1529, p. 159.)

Le beau phoenix en une lande heureuse
Fut espié d'une nymphe amoureuse
Et de luy elle. O! n'est ce au feu d'amour
Qu'il se consume en piolant entour?
D'amour aussi la nymphe se consume,
Amour les coeurs de l'ung et l'aultre allume;
La nymphe en Gaule apporta son amy
Dens son giron doulcement endormy.
En lieu qu'il soit, il n'y a phoenix aultre,
Qu'on cherche bien, le phoenix est tout nostre;
Amour Loeda et son cygne ayt uniz,
Mieulx est la nymphe au gré de son phoenix.
Aigle jamais ne mourut de viellesse,
Par son art propre il refaict sa jeunesse :
Tant croit par temps la corne de son becq
Qu'il ne peult paistre, et s'en trouve tout secq :
« Meur je de faim? » dit il en son couraige,
« Et j'ay conquis si ample droict d'usaige
Sur plume et poil! » Il assault quelque roch
Et a grandz coups rompt de son becq le crocq;
Le feu en sault, ses estaintes prunelles
Reboyvent la du graiz les estincelles;

1018. — En marge : « Plinius dicit phoenicem fabulosum. » — Pline (*Hist. nat.*, Liv. VII, chap. 49), parlant des fables relatives à l'âge des hommes et des animaux, en cite quelques-unes qu'il attribue à Hésiode, et il ajoute : « et reliqua fabulosius in phoenice. »

1026. — Macé nous dit ici s'être inspiré de S. Augustin.

Après se paist, et de laid devient beau,
De foible fort, tout jeune, tout nouveau.
Le beau phoenix, pere et filz de soy mesme,
Passe mil ans, et en cest aage extreme
Cherche une palme, et après long recueil
D'odeurs et fleurs en faict la son cercueil :
D'aelles et becq tant se y bat et s'eschauffe
Qu'il vient en feu, tant est de fine estoffe.
Alors Phoebus appelle tous les dieux :
« O escoutez ung chant armonieux ;
C'est le phoenix qui pour vivre se tue:
Son ame est cendre, avec l'air s'esvertue. »
Le rengendrer premier s'en faict ung ver,
Puis ung poullet, a l'entrée de ver.
Infiniment l'Empereur puisse vivre
Et le bon Roy plus l'empasser qu'ensuyvre!
Mortz soyent tous deux, encor ne mouront pas,
Le vray bonheur naist après le trespas.
Premier entra l'Empereur en la sale,
Tant qu'elle est grand tapissée a royale
Magnificence : « Icy sont, » dit le Roy,
« Noz devanciers, » et luy monstroit du doy
Sur longz pilliers les sacrées ymages
Des deffunctz roys, faictz a grans personnages.
Charles le Grand lors devant les yeulx vint

1056. — Ces statues de rois existaient effectivement au Palais de Justice.

A l'Empereur, et pensif en devint :
Charles a nom, et est empereur comme
Charles le Grand, puis que grand on le nomme.
Qu'a il tant faict? Dont a il emporté
Ce nom sur tous, que par priorité
Du temps tenu dessoubz sa telle quelle
Principaulté en son pere nouvelle?
Ce temps cy mesme est a soy envyeux,
Ses faictz luy sont a ouyr ennuyeux :
Fuie doncq tost le present transitoire;
Si l'on ne peult qu'au futur avoir gloire,
Gloire a cela que plus va vieillissant,
Plus reverdit et plus est fleurissant.
Or l'Empereur, veoyant l'architecture
De ce palays d'admirable structure,
Le Roy luy dit : « Cest hostel tant qu'est grand
Inventa faire ung nommé Enguerrand
De Marigny, soubz Le Beau roy Philipe,
Dont en honneur avec luy participe;
A la justice ilz bastirent ce lieu
Dens ceste ville, en ce noble meillieu.
Jadis n'estoit ma nation françoyse
Tant adonnée a discord et a noyse

1064. — En marge : « Pepin, pere de Charlemagne, usurpa le royaulme : maximum vero michi semper visum est commodum possessionis. »

1074. — Enguerrand restaura le Palais de Justice.

Que maintenant : en amour les voysins
S'entretenoient, ne freres ne cousins
Pour biens partir venoient devant le juge ;
Ou s'il falloit y aller, au refuge,
Pour quelque doubte en droictz non apparentz,
Au premier jour ilz estoient comparentz
Devant celluy qui tenoit le bailliage
Sur leur terroy, fut ou ville ou village.
Et se tenoient a ce qu'en avoit dit,
Sans quelque appel, pour l'estime ou credit
Du bon baillif ; mais depuis que Avarice
Vint a bender l'unicque oeil de Justice,
Le peuple cheut en obstination
De mespriser leur jurisdiction,
A demander et delays et absences
Et appeller de toutes leurs sentences.
L'on a espoir que ung baillif incogneu
Et qui n'aura des playdans nul cogneu,
Pas ne vouldra, par amour ou rancune,
Se porter mal envers personne aulcune.
Pour finir doncq ces appeaulx, les bons roys
Font lors status qu'en l'an deux fois ou troys
Ou quatre au plus, c'est assez, ce leur semble,
Leurs conseilliers adviseroient ensemble
De les juger ; et estoient conseilliers
Privez au Roy et des plus familiers,
Suyvant sa court, car hors la Court royale

N'avoient ailleurs assiete speciale ;
Ou que le Roy allast, il y menoit
Dame Justice et près soy la tenoit.
Bon faisoit veoir telle Prudence a dextre
Du pere au peuple et Force a la senestre.
Depuis pourtant qu'en maint lieu trop longtain
Les roys alloient, et estoit incertain
Quand appellans auroient leurs audiences,
Ce que leur fut a gros frais et despences ;
Sur ce Le Bel, a Paris, ou les roys
Et tous les pairs estoient souventesfois,
Feit ce palays propre siege et estable,
De sa justice a chacun redevable. »
De tel propos le Roy se pourmenoit
Avec Cesar et l'en entretenoit.
Le jour passoit que la nuict palle et morne
Dessoubz la lune a blanche et double corne
Descouloroit des choses la beaulté :
Chassée fut par force de clarté
Dehors la sale a belle cire vierge,
Dont a troys filz estoit faict chacun cierge,
Voire, et chacung, en son chandelier gent,

1112. — En marge : « *Prudence.* Prudentia de his que mutantur, inde juris prudentia. *Force.* Salomon ne demanda a Dieu sinon la science de sçavoir bien juger les differens de son peuple ; et Dieu luy en donna davantaige, mais ceste jurisprudence fut la principale. »

Tout nouveau faict de pur et fin argent,
Pendoit de hault a cordeletz de soye,
Que les vers font pour les roys a grand joye.
  Buffectz y a aultant que de pilliers,
Chargez de beaux ouvraiges a milliers;
Et tout autour par degrez semblent joindre
Aux piedz des roys, tant hault en est le moindre.
  Le mengier vient : le Roy la de rechief
Vers l'Empereur faict tant, tousjours nud chief,
Qu'il se va seoir au lieu plus honnorable,
Et le premier. D'ung long marbre est la table.
Le Roy le suyt, mais de si loing que deux
Eussent peu estre aysement entredeux ;
Et le Daulphin et Orleans son frere
Suyvoient après, mais tresloing de leur pere ;
Après, le roy de Navarre, et après
Ducz, cardinaulx et contes près a près ;
Et leurs enfans, en tresriche pareure,
Portoient la serte ; ilz servent a ceste heure,
Mais a leur tour ilz seront ducz aussi,
Contes, marquiz, et servis tout ainsi.

1145. — Henri d'Albret, roi de Navarre, qui avait épousé, en 1526, Marguerite d'Orléans, sœur de François Ier.

1146. — « Les cardinaulx de Bourbon et de Lorraine furent assis.... au dessus d'Antoine, duc de Vendosme... » (Bibl. nat., coll. Dupuy, 478, fol. 35 r° et 38 v°.)

III.

Montmorensi, connestable et grand maistre,
Se feit ce jour a grand planté cognoistre
En tous debvoirs : ce convive il servit
A droict grand maistre, et l'Empereur le y veit
De tresbon gré, mais le dit plus propice
Au branc porter en son greigneur office.
Puis le matin tousjours avoit esté
Vis a vis luy en vraye majesté
De connestable, et son espée d'armes
Tousjours en main, dont tant de beaux faictz d'armes
Il a parfaict. O tresnoble seigneur,
Ouyr ung jour puisses en quel honneur
Petis et grans parlent de tes proesses!
De te tuer jour et nuyct tu ne cesses,

1156. — Macé nous apprend, en marge, que ces six premiers vers sont « du brave gergon de la table ronde. » A défaut d'exactitude cette note a du moins le mérite de nous montrer qu'au XVIe siècle on lisait encore les romans du XIIIe.

Pour donner ordre aux affaires du Roy,
Qui sont si grans, et tous gisent sur toy;
Soubz mil perilz Gloire a toy s'est cachée
Des ta jeunesse, et l'as si bien cherchée
A tout labeur que tienne tu la tiens.
Tienne pourtant toute ne la retiens :
Donnée l'as a France et sa couronne,
Et a surcroist France te la redonne.
  Aux navigans ung bon vent est moult doulx,
Grans goufres ont et abismes dessoubz ;
Passent pourtant. Ainsi ton ame attaincte
De bel espoir, de milz dangiers n'eut crainte ;
Les dangiers sont de ton loz fructueux :
Plus y sont grans, plus y es vertueulx.
  La mer tant soit hydeuse et tempestée,
Si a double ancre est la nef arrestée,
Vaincquit le temps : tu as pareillement
Art et povoir, desquelz deux joinctement
As surmonté, dont ta gloire redonde,
Toutes noz grans adversitez du monde.
  En noz malheurs nous gisions accropis,
N'ayans aulcune attente que du pis,
Et relevez nous as de ta main haulte,
Maulgré du temps l'infamie et la faulte.
  Ce que pensans devenons esbahiz ;
Qu'est ce d'avoir le coeur a son pays!
De tel amour suyvois tes entreprises,

Au vray honneur de France toutes mises,
Que le plaisir les labeurs y passa;
En travaillant ton coeur se y delassa.
Nous avois tu bien preservez en guerre?
La paix au ciel, ce croy je, tu vas querre
Pour tout le monde. O! que sans ta vertu
Tout alloit mal! Aussi ne sentois tu,
En ce jour d'huy, ces triumphales gloires
Tiennes parties, après dignes victoires.
L'Empereur n'eust aultant de la moictié
Prise du Roy, tant soit grand, l'amytié,
Sans que premier eust senty ta vaillance
Ou geut l'image et fortune de France.
Et ore, entrant soubz le poelle, honteux
De tant d'honneur, mesme en son dueil piteux,
Quand luy as dict qu'encor le Roy commande
Luy faire plus, a protesté, en grande
Discretion, qu'a luy tant n'appartient,
Et que dens France Empereur ne se tient,
Car ce nom vient de France en Alemaigne;
Mais, comme il soit des petis roys d'Hespaigne,
Capable n'est des honneurs du grand Roy.
Bien quelque goutte encor il garde en soy

1196. — Anne de Montmorency avait aidé au rapprochement entre François Ier et Charles-Quint, et c'est d'après son avis que l'Empereur fut autorisé à traverser la France pour aller châtier les Gantois révoltés. (Voy. v. 146.)

Du sang de France, et sa maison d'Aultriche
De ceste part plus que d'aultres est riche.
Si noble sang on ne peult honorer
Suffisamment ou qu'il puisse durer :
Non a moy doncq, mais a la vostre race
Faictes cecy, et bien fault que j'en face
Au gré du Roy, et de ce peuple cy.
Preu connestable, ore il s'excuse, ainsi
Qu'il est changé. Que Dieu te favorise,
Faisant par toy faictz de si grand maistrise!
De tes labeurs Europe le fruict prend,
Toute pourtant ta gloire n'en comprend.
Nombre petit de noblesse d'Hespaigne
Et Pays Bas l'Empereur accompaigne,
Mais toute grand. Pour ung le duc d'Alva,
De Rocandof, Pierre de la Coefva,
De Saint Vincent, Bures par la regente
Transmis vers luy pour quelque chose urgente,
Puis Aigremont, puis d'Artès, puis Lachaux.

1215. — Charles-Quint se rattachait à la maison de France par son père Philippe-le-Beau, duc de Bourgogne, descendant par sa mère, Marie de Bourgogne, de Philippe, 4e fils du roi Jean.

1229-1233. — Nous lisons dans le *Journal de Vandenesse*, publié par M. Gachard, *Bruxelles*, 1874, p. 154 : [L'Empereur] « print la poste et partist accompagné de ceulx qui s'ensuyvent : du duc d'*Alve*, du seigneur de Bossu, de don *Pedro de la Ceve*, maistre d'hostel, du seigneur de Rye, sommelier de corps, le

Or aux Françoys Flammandz et Hespaignolz
Estoient meslez et es plus haultes places,
Pour leurs estatz, tous de tresbonnes graces.
L'Hespaignol a quelque propre fierté,
Que luy siet bien, et sent sa majesté.
Il faict bon veoir la grand cerimonie
Qu'on faict entour si noble baronnie :
Françoys a boire Hespaignolz invitoient,
Hespaignolz eulx a reboire incitoient.
Christ, seigneur Christ, si vraye amour t'agrée,
Et si tu as l'eau clere consacrée,
Comme tu as, la transmuant en vin
Toy au bancquet du paovre Architriclin,
Present aussi sois a ceste tablée
En amytié mutuelle assemblée ;

conte d'*Egmont*, don Enricque de Toledo, les seigneurs de *La Chaulx*, de Flaigny et d'*Arbaix*, gentilzhommes de sa chambre, etc... » — *De Saint-Vincent* est sans doute François Bonvalot, abbé de Saint-Vincent, qui fut ambassadeur de Charles-Quint. — Le comte de *Buren* a joué un rôle assez important par ses rapports avec les Gantois, sous la régence de Marie, sœur de Charles-Quint, reine douairière de Hongrie. Voy. plus haut v. 167. — Guillaume, comte de *Roghendorff*, était seigneur de Condé en Hainaut. — La plupart de ces noms sont ici estropiés.

1246. — Tel est le nom que tout le moyen-âge a donné, dans les *Chansons de geste* et les *Mystères*, au *seigneur* des *Noces de Cana ;* ce n'est pas autre chose que le mot latin *architriclinus, maître d'hôtel*, devenu nom propre.

Beny ces roys et leur posterité
A perdurer en ceste charité !
  Veoyant le Roy tout seul, ainsi disoye,
Le coeur et l'oeil me larmoyant de joye.
  Or a la table ou l'Empereur estoit,
Par six degrez tapissez on montoit,
Pour la froideur du marbre, dont la sale
Est carrelée, et plus seigneuriale
Magnificence en tout gardée adoncq.
  Et aux costez se veoyoient, tout au long
De ce palays deux aultres belles tables.
  Vers le luysart sont aulcuns tresnotables
Chevaliers, chiefz de guerre, gouverneurs,
En tout maintien sentans leurs grandz seigneurs.
  A l'aultre main, vers la chambre dorée,
Siet Parlement, qui a veoir moult aggrée
A l'Empereur, pour leur bruyt ancien
D'avoir tousjours esté fort gens de bien.
  Tout descouvert, la Royne couronée,

1250. — En marge : « Les graces de Mons. l'Aulmonnier. » Le grand aumônier du roi était à cette époque Jean Le Veneur, évêque de Lisieux, cardinal en 1533, mort en 1543.

1261. — *L'Ordre tenu* (f[t] cij v°) nous apprend qu'au dîner servi au Louvre le maître d'hôtel était le connétable de Montmorency, l'écuyer tranchant M. d'Enghien, frère de M. de Vendôme, le pannetier le duc d'Aumale, fils du duc de Guise, et l'échanson Charles de Bourbon, prince de la Roche-sur-Yon. — Voy. aussi le vol. 478 (fol. 35 r° et 38 v°) de la coll. Dupuy à la Bibl. nat.

Pour le debvoir de si noble journée,
Considerant que tandis qu'on dansoit
Et qu'on mommoit, son frere ailleurs pensoit,
A tant voulut se mectre a sa senestre;
Luy se levant l'arrestoit a la dextre.
Elle vaincquit, o quelle royaulté!
Chacun eust dict que pour estre en beaulté
Toutes vertus reposoient en sa face.
Elle entrerompt d'une riante grace,
Aux yeulx de tous, doulcement complaisant,
Le dur penser de son frere en disant :
« Poinct esbahy ne soyez si je affecte
Vous costoyer; je me plais et delecte
Non seulement que l'on dit : C'est sa seur,
Ou Dieu m'a faict ung fort merveilleux heur,
Mais en estant l'ung ainsi près de l'aultre,
Sembleray mieulx ung peu tenir du vostre,
Soit en maintien, ou couleur, ou regard.
O! Dieu vous gard, monseigneur! Dieu vous [gard!
En vous veoyant, feu nostre tresbon pere
Me vient au coeur. Au monde il ne fut guere,
Mais moult grand bien y laissa vous laissant,
Et tout le ciel ores le cherissant
Compte, peut estre, en commune plaisance
Vostre tresriche et dorée abondance
De tous beaux faictz et de ce sainct accord
Avec tel Roy, après tant de discord.

Dieu luy pardoint, jamais ne feit grand guerre;
Fut neantmoins tant estimé sur terre,
Et telz tresors d'espargne on luy trouva!
Mais en fureur et toute ardeur s'en va
Communement des princes la jeunesse ;
Guerres ilz font, monstre de leur noblesse,
L'aage venant, leur verdeur se meurit;
Ilz font du fruict qui leurs peuples nourrit.
Mais bien sçavez que a Romme et a Boulongne,
Vous y entrant, on feit aultre besongne;
Et vous cuydiez, ce croy je bien, Paris,
Ains que le veoir, estre de plus hault pris.
— Aulcun, » dit il, « croyt il cela, madame? »
Elle respond : « Nul fors moy; je suis l'ame
De ce pays la moins bonne envers vous.
— Mais, » respond il, « la meilleure de tous
Que soyent vivans et a qui pour ceste heure
Doy plus d'amour, et tenu je demeure.
— Tenu? » dit elle, « a mon gré, non assez,
Quand sans rien veoir seulement vous passez.

1295. — En marge : « L'archiduc Philippe fut prince paysible. » Le règne de Philippe-le-Beau ne dura que trois mois (1506).

1303. — L'on sait que Charles-Quint, après le sac de Rome (1527) et la paix de Cambrai (1529), se fit couronner à Bologne roi de Lombardie et empereur des Romains.

1311. — En marge : « L'emper[eur] ne peult oblier sa feue femme. » (Cf. plus haut v. 886.)

— Ce poinct, » dit il, « qui m'a faict mectre en voye,
Requiert qu'a Gand dedens ung moys je soye.
— Vous estes moult, » dit elle, « diligent : 1317
Le cas de Gand vous semble il plus urgent
Que de Paris, vostre aussi bien que nostre?
Et pour marcher, vouliez vous raison aultre 1320
Que venir veoir vostre frere et amy?
— Amy, » dit il, « a moy, son ennemy?
— Ennemy, voire, et moy or vostre amye, »
Dit elle, « lors vostre grande ennemye.
— Mon ennemye, » il respond, « vous n'estiez,
Quand en s'amour tousjours me remettiez. 1326
— Premier, » dit elle, « en s'amour m'aviez mise.
— Aussi, » dit il, « s'amour m'aviez promise.
— A luy, » dit elle; « avois la vostre aussi.
— M'amour, » dit il, « et tout moy tient icy. 1330
— Tenu l'avez plus longuement, » dit elle.
— J'en ay, » dit il, « recompense tresbelle.
— Plus belle fust, » dit elle, « bien je vueil
Que le croyez, mais tout sent vostre dueil. 1334
— Peut on, » dit il, « aux roys mesmes plus faire?
— A moy, » dit elle, « on feit mieulx pour vous plaire. »
Le Roy survint, le propos se fina ;
Puis l'Empereur en sa chambre on mena,

1316. — Les Gantois, refusant de payer leurs impôts, s'étaient révoltés contre l'Empereur; c'est à cette occasion que Charles-Quint avait demandé à traverser la France.

Laquelle dicte est et sera *la chambre*
De l'Empereur, afin qu'on s'en remembre
D'ung si grand hoste en ce palays logé.
En ceste nuyct n'avoit beaucoup songé :
Voulut escrire a Cambray, Valenciennes,
Mont en Henault et aultres villes siennes,
Que la venu ne veit que fleurs de lys.
Tous ses pays estoient desja remplis
Des nouveaultez faites a ses entrées.
Des que le poste eut ses lectres monstrées,
Il fut chery, embrassé, arresté,
Jusques a tant qu'il leur en eust compté.
« O grace a Dieu! » disoit le populaire,
En l'escoutant, « o le roy debonnaire!
« L'Empereur vient, » dit le poste, « et le Roy
Messieurs ses filz luy laisse pour convoy.
Avecq eulx vient aussi le Connestable;
Et, si n'estoit ce trouble miserable
De noz Ganthoys, ou l'Empereur sera
Embesongné, dont traicter ne pourra
A son plaisir, tant le Roy que la Royne,
Tous deux viendroient, mais le temps n'est idoyne. »
Le populaire a ce mot souspiroit :

1345. — Nous trouvons plusieurs pièces relatives à l'arrivée de l'Empereur en Flandres (*Relation des troubles de Gand*, p. 659-668).

Tresvolontiers Roy et Royne verroit.
Ne diront ilz quelque mot amyable
A l'Empereur, pour ce cas pitoyable?
Les Ganthoys ont leurs faultes en horreur,
Et sus leur vient l'ire de l'Empereur!
Dur justicier ayt au moins souvenance
Qu'en telle ville il a eu sa nayssance :
Son pere grand, feu Maximilian,
Afin qu'en feust patron et gardian,
Au bon espoir du peuple le y feit naistre.
Luy mesme ung jour eust occasion d'estre
Fasché contr'eulx, pourtant s'amodera,
Mais a ce coup on ne sçayt que sera.
Pourroit on bien en excuser Fortune?
Ils ont fourny et refourny pecune
Contre Peronne et Therouenne, afin
De veoir du Roy et de France la fin,
Et leur seroit peut estre necessaire
Trouver le Roy piteux en leur affaire.
Guerre, ce n'est que meschief et peché,
Le repentir soubz sa queue est caché.
Puis le seigneur d'Ymbercourt decolerent,
Ne pour leur dame a genoulx desisterent :
Les mains joignoit toute en chief devant eulz.

1369. — Petit-fils de Maximilien, Charles-Quint était né à Gand, le 25 février 1500.

1385. — Ce n'était pas la première fois que Gand se révoltait

Et ore on veoyt que le conte du Roeulx,
Sourfilz de luy, va vers eulx en expresse
Authorité de l'Empereur. O ! qu'est ce
D'espandre sang qui loing degouste ? Il peult
Les empirer ou amender, s'il veult :
Gand sent encor ses fureurs anciennes.
Or le courrier venu a Valenciennes,
De l'Empereur bien patrimonial,
Le maieur faict mandement special
D'assembler tous les doctes de la ville,
Pour deviser quelque entrée gentille.
Il prise la Paris fort plainement
D'avoir tout faict tresmagnificquement,
Et Orleans et Poictiers et Bayonne,
Mais rien ne plaict a chacune personne
Entierement. Corvilain lors respond :
« Ce que Paris a bien faict, correspond

contre les comtes de Flandres; déjà sous Marie, fille de Charles-le-Téméraire, les États de Flandres, furieux que leur souveraine eût essayé de négocier personnellement avec Louis XI, avaient fait condamner à mort et décoller Hugonet, le chancelier de Marie, et le seigneur d'Imbercourt, son homme de confiance (3 avril 1477).

1386. — Après avoir négocié avec les Gantois, Charles-Quint leur avait dépêché Adrien de Croy, comte de Rœux, sans obtenir meilleur succès par cette ambassade. (Voy. *Relation des troubles de Gand*, p. 28-33.)

1401. — Pierre d'Outreman, qui raconte l'entrée de Charles-Quint à Valenciennes avec les enfants de France *(Histoire de*

A son renom, toutesfois je regrette
Que quelque croix de marcque il n'en a faicte,
Comme l'on feit a Londres, en record
De l'Archiduc : je dirois nostre accord
Estre non fainct, mais real et durable ;
De petit coust fut chose fort valable.
  Pour le moins quelque, ou poete sçavant
Ou cronicqueur de ce mette en avant
Ung chief d'ouvraige : en argument si digne
Il survivroit, quoy qu'il en fut indigne.
  Mais quant au poinct, puis que le Daulphin vient,
Monstrer a pied et cheval nous convient.
Gens de frontiere, ailleurs soit la richesse,
Nous abondons de noblesse et junesse.
  On levera cinq centz hommes de pied,
Chacun au poing, en signe d'amytié,
Le fust sans fer, et tous d'une livrée
De damas blanc a bord de noir ouvrée,
Sur bonnets noirs de beau plumaige blanc.
  Premiers iront, et troys a chacun ranc,
Et le tabour a chacune centaine,
Et tous a piedz soubz ung seul capitaine,

Valenciennes, p. 194) ne parle pas de cette harangue de Corvilain ; nous ne trouvons pas non plus ce nom dans les *Entrées à Valenciennes* (Voy. l'*Introduction*).

1405. — Nouvelle allusion (Voy. v. 912) au séjour tant soit peu

Gaillardement et richement monté,
Et ses laquays deux a chacun costé.
Aultres cinq centz montez a l'avantaige,
Quant aux couleurs de semblable equipage,
Mais en velous et a chacun ranc deux.
Iront après, et encore après eulx
Aultres cinq centz de noz joueurs d'espée,
En beau pourpoinct et chausse decouppée,
Et tout de noir l'espée nue auront
Dessus l'espaule, et troys de ranc iront.
Chercher iront jusques a une lieue
La Majesté, et après l'avoir veue,
La noire bende en fronc premierement
Aplanera les chevaulz suyvamment,
En devançant les seigneurs, et derriere
Viendra la bende au sortir la premiere. »
Ainsi donna Corvilain son advis,
Et fut conclud de suyvre son devis.
Quant a dresser escharfaulx, tabernacles,
Jeux theatraulx, mysteres et spectacles,
Cela requiert le loysir de y songer,
Pareillement de inventer et forger
Quelque oraison de grand sens et succincte,
Et des seigneurs entendible et distincte :
Mais ilz ne sont encore a Sainct Quentin.

forcé de Philippe-le-Beau à Londres et à la réception que lui fit Henri VII.

Or l'Empereur eut sa messe au matin
Dedans la Saincte et Royale chapelle ;
Ainsi du roy sainct Loys on l'appelle.
Il la fonda. Les relicques y veyt
Et moult d'honneur a tel tresor il feit,
Joinct qu'en esprit il rendoit a Dieu grace
En se plaisant, qu'il venoit de la race
De ce roy sainct : « De telle sainctеté
Du Roy et moy vient la proximité,
Et l'ung sur l'aultre ozons tirer le glaive ! »
Ainsi son coeur, tant qu'est noble, s'esleve
En dur remord ; il semble espouventé.
Ung nouveau mot de la Paix est chanté ;
Se tourne la tant qu'il dure, et au Louvre,
Ou il disna, prie qu'on lui recouvre
Ce beau motet; les enfans de present
Prient pour luy : a tous il feit present,
Comme chacun il mettoit en richesse,
Qui luy offreit auculne gentillesse.
En ce matin son aulmonnier alla
Par les prisons, et, tant qu'il trouva la
De criminelz, remeit de mort a vie,

1451. — La première pierre de la Sainte-Chapelle fut posée en 1245 par Louis IX lui-même; en 1248, l'édifice, œuvre de Pierre de Montreuil, était achevé.

1463 — Voy. plus haut la note du v. 1261.

Laquelle grace avoit tousjours suyvie
Depuis le port ou son maistre arriva,
Mais a Paris quelque estrif s'en trouva.
   Morin avoit destourné hors la ville
Les plus chargez, en nombre près de mille.
   De par la court Granvelle, chancellier
Imperial, vient vers Poyet prier
Qu'on ne restraigne ainsi du Roy la grace
Et que ce grief a son maistre on ne face.
   Poyet luy dit : « Tout ce que le Roy peult,
L'Empereur peult, et plus, le Roy le veult;
Mais, quant a luy remission ne donne,
Si non es cas que la loy luy ordonne. »
   Telz termes tint, il l'avoit festoyé
Six jours devant; après l'a convoyé,
Quoy que tout las se senteist, jusqu'a Louvre.
D'humanité son refus ainsi couvre,
Louant qu'en tout il a si bien guydé
La Majesté sacrée, et moult aydé

1475. — Morin, comme nous l'apprend une note marginale du ms., était lieutenant criminel.

1477. — Le chancelier Granvelle était Nicolas Perrenot de Granvelle, père du cardinal Antoine ; ayant succédé en 1530 au chancelier Gattinara, il mourut en 1550, pendant la diète d'Augsbourg.

1483. — En marge : « J'ai presenté au Roy le jour de la Saint Jehan dernier (24 juin 1539) ung livre de mon hystoire ou je parle bien amplement de ces remissions. » — Le vol. 85 de la

Ceste assemblée, oeuvre tresmeritoire
Vers toute Europe, et pleine de sa gloire.
  Astrée aller les contemploit des cieulx,
Car quoy que soit ce monde vitieux,
Tous les vivans ne sont pas d'une sorte;
Aux plus prudentz plus d'amour elle porte
Et faict pour mieulz tous les aultres humains
Estre conduictz et dressez par leurs mains,
Car d'elle pend l'addresse et la droicture
En terre et ciel de toute creature,
Et mes desirs manie et mene aussi
A illustrer ou denigrer ainsi
Que l'on desert la fleur d'ung bon langage :
C'est verité envers tout personnage.
  Le Louvre a veoir sent bien son bon chasteau,
En telle ville hors du bruyt et sur l'eau,
Et près des champs la Majesté Royale
Y recueillit moult bien l'Imperiale ;
Et bien sembloit, a veoir ces deux seigneurs,
Que fust leur propre eslargir tous honneurs.
  Gloire pareille, entr'eulx contencieuse,
Va d'ung a l'aultre; et l'amour curieuse
De s'entreplaire et de s'entrehonnorer
Tant veult en l'ung qu'en l'aultre demourer.

coll. Dupuy de la Bibl. nat. (fol. 130) nous a conservé le texte d'une lettre de rémission, signée à Paris par Charles-Quint en faveur d'un René de Bellanger, écuyer.

Leans partout n'y a que broderie
D'or sur argent et menue pierrie,
A bord d'enfants sur cornetz ou lyons,
Poyssons, oyseaulx et aultres bestions.
Entre plusieurs batailles anciennes
Tissues la signamment les Troyennes;
Le fier Ajax enormement corpsu
Rue a Hector de son long bras bossu
Son voulge long et gros comme une poultre,
Dont a le veoir perser leva tout oultre.
Hector s'escoule et s'encourt arracher
D'ung mont herbu ung long pend de rocher,
Et sur Ajax pied levé le fouldroye,
Criant : « Hector! Vive Hector de Troye! »
Il ne l'attainct. Ajax au bout d'un pré
La bourne empoigne et l'en eust demembré,
Et tout a dent l'entrebucha par terre.
Mais Apollo qui veoioit ceste guerre,
L'enveloppant d'une grand nue, va
Le relever, car seul ne se leva.
Tandis prioient les Troyennes matronnes,
Les bras tenduz devant les sacrés throsnes
De Jupiter et Neptune leurs dieux,
Que a tant revint Hector victorieux.

1516. — En marge : « *Pierrerie* m'escorche la langue. »

1520. — En marge : « Pris d'Homer en l'Iliade. » (*Iliad.* VII, 182-312.)

Les sainctz heraultz, Idée et Taltibore,
Troyen et grec, veoyans que Ajax encore
Court sus Hector, se gectent au meillieu
Avecq leur sceptre, envoyez la de Dieu.
A tant Hector, son bracquemart a manche
De fin argent luy pensant sur la hanche,
A longue escharpe, en foureau veloutté,
Va debouchant, deux mains a ung cousté;
Puys embrassant Ajax, il le luy donne,
Et quelques motz, ce semble, luy sermone.
Ajax le prend, et tandis se desceinct
Du beau baudrier cramoysi qu'il a ceinct,
Et de bon cœur a Hector le presente.
Hector le prend, puis chacun d'eulx s'absente,
L'ung vers ses Grecz, l'aultre vers ses Troyens :
Interroguez de tous sont des moyens
De tel retour, or en nette escripture
Six petis vers sont la mis pour conclure.
C'est faict de Dieu que telz grans ennemys,
Et qui souvent en effort s'estoient mis
L'ung contre l'aultre et, leur gloire soubmise,
A tout hazard ont amytié conquise
Par leur vaillance, ainsi victorieux,
Sont l'ung de l'aultre et amys, qui vault mieulx.
De ceste hystoire ouvrée a haulte lice
De grand richesse et plus grand artifice
Vivifié, huyct longues pieces sont

En une sale, ou tresbeau lustre font
Tout d'ung cousté, et est la grande sale
Ou noblement menge l'Imperiale
Magnificence ; au matin et au soir
Le Roy tousjours premier le y menoit seoir.
 Presque tout d'or estoient les candelabres
Que l'on servoit haultz comme petis abres.
 Or l'Empereur depuis le vendredi
Qu'il y entra, y fut jusqu'au juedi ;
Les Roys y feit ; et tandis, pour l'esbatre,
On commença a courir et combatre,
Ou se monstroient jeunes gens en leur feu,
Chacun de luy voulant bien estre veu.
 Il se y trouvoit et la Royne peut estre
Tousjours près luy, chacun a sa fenestre,
Les luy nommoit, quand ilz avoient couru,
Quelque bon chocq et bien adroict feru.
 Monsieur le chief des tenans eut la grace
De bien courrir, a chacun coup il quasse,
Et luy advint trente foys ou peu près
Durant ung jour, et en partit tout frès.
 Hespere ainsi, le premier des estelles,
Se leve au ciel, et tant toutes soyent belles,
Est le plus beau, et le dernier s'en va

1574. — Nous trouvons « l'ordonnance des joustes et tournoy faict au chateau du Louvre », à la suite de l'*Ordre tenu et gardé*... (Voy. l'*Introduction*).

Encor plus vif que grand il se leva.
Quand l'Empereur y veit venir Vendosme,
Dit a la Royne : « O le filz du preudhomme !
Faillir n'y peut de bon exemple avoir.
En mon chemin de Cambray, j'en vueil veoir
Vostre grand mere : elle est la debonnaire,
Tousjours ouvrant, m'a l'on dit, a La Faire.
— Veoy la Nevers, et l'aultre c'est Roussi, »
Disoit la seur a son frere, « et veoicy
Rocheguyon, d'Anguyan et d'Aumalle,
Rohan, Laultret, tous d'aage presque egale. »
Entremeslez eulx et aultres couroient,
Tous jouvenceaulx, et faveurs acqueroient
Selon leur faict, puis a sons de trompettes

1591. — Voy. plus haut v. 213-214.

1595. — Il s'agit ici de Marie de Luxembourg, comtesse de St-Paul, qui avait épousé en premières noces Jacques de Savoie et en secondes noces François de Bourbon, comte de Vendôme ; elle mourut en 1546, âgée de 76 ans.

1597-1600. — Nous avons déjà vu quelques-uns des noms que nous retrouvons ici. (Voy. l'*Index*). — François, comte de la Rochefoucauld et de *Roucy* était seigneur de Verteuil ; sa mère, Anne de Polignac, avait reçu le 6 décembre 1539 (*Journal des voyages de Charles-Quint*, p. 155) l'Empereur et les enfants de France dans son château de Verteuil. Charles-Quint s'en était beaucoup loué (P. Anselme, IV, 427). — Louis de *Rohan*, seigneur de Guéméné, et Louis de Silli, seigneur de la *Rocheguyon*, étaient beaux-frères, et avaient épousé, l'un en 1526 Marguerite, dite Catherine de Laval, l'autre en 1539 Anne de Laval. — M. d'*Enghien* était le frère de M. de Vendôme (Cf. v. 1261).

Sailloient, faisans leurs gaillardes retraictes.
Noble jeunesse aguerrie desja
A tant d'honneur, Dieu, qui tes coeurs forgea,
Imaginoit moult haultes adventures
Au los de France en ce monde futures.
J'en veoy le sang sur le Nil et Gangès,
Et leurs grans roys se rendre noz subjectz.
Vierges d'Aon, vierges du saint Parnasse,
Quelque oeuvre hault des ceste heure j'en face,
En allongeant jusqu'alors mon plaisir.
Plus ne soye jeune, encore ay je desir
Veoir ce beau temps, ce temps heureux et riche!
Or d'ung cousté assemblera l'Aultriche
Sa noble force, et pour elle sera
Tout le pays qu'elle subjuguera.
En mesme jour, la proesse de France
Sur aultre part estendra sa puissance,
Et ses conquestz elle fera pour soy;
J'ordonne ja leurs bendes a part moy ;
Car cy va France et par la va Bourgongne.
Mais trop du jeu du Louvre je m'eslongne.
Si tost qu'y vint le beau duc d'Orleans,
Sur son roussin en armes tant seans,
Tout l'air sembloit s'esclater de lumiere.
La Royne l'oeil meit dessus la premiere,
Et jusqu'au bout soubriant l'ensuyvit.
Or l'Empereur ce long passetemps veit,

Et l'on eust dit, a veoir sa contenance,
Que voulentiers eust soubstenu la lance
D'aulcuns foibletz, et que son coeur par foys
Il leur prestoit a tronçonner leur boys.
Nouvelles eust de sa seur la regente
De Cleves, Gand, afin qu'il diligente.
Luy doncq estant sur l'arrest de partir,
Ung jour devant, Pelou va l'advertir
Que la Maison de la Ville a la porte
Prie d'entrer, et que l'on luy apporte
Quelque present. La chaize il demanda
Ou voulentiers chacun le regarda ;
Il seit, estant de corps trape et robuste :
Seant il sent pleinement son Auguste.
Les eschevins estoient encores tous
Comme a l'entrée en robes de velous :
« Sire, » luy dit le Prevost, « vostre ville
Paovre, petite, imbecile, incivile
A recevoir la Vostre Majesté,
Pertinemment vouldroit avoir esté

1635. — Voy. plus haut v. 1229-1233.

1638. — Le seigneur de Peloux (Cf. *Relation des troubles de Gand*, p. 293) était un agent de Charles-Quint.

1647. — En marge : « Superbe harengue du prevost des marchans sentant encor ung petit sa vielle prevosté. ». Ce prévôt des marchands, qui paraît dès le v. 18, était Etienne de Montmirail, conseiller au Parlement, qui succéda à Augustin de Thou.

Plus suffisant, mais au fort nostre faulte
Se peult moins veoir soubz vostre, plus est haulte,
Illustrité, et de tout vous prions
Nous pardonner, et vous remercions
De tant d'honneur ; nous en demourons vostres,
Maintenant nous, et a jamais, les nostres.
Si vous ozons faire encor ce present
D'ung Herculès libicque, tresdecent
A vous et nous, pour nostre monstre et gage
D'estre alliez, vous et nous, de tout aage ;
Car Herculès, qui l'Hespaigne hanta,

1658. — Nous lisons dans la *Relation des troubles de Gand*, p. 50 : « Ceulx de la ville de Paris luy offrirent et presenterent, a sa bienvenue en icelle, ung Herculès d'argent doré, lequel estoit de la haulteur d'un grand homme et roboustere... » D'autre part, dans *La Vie et les actions héroiques et plaisantes de l'invincible empereur Charles V*, II, 87, nous trouvons ces détails : « La ville de Paris voulut faire honneur à nôtre heros, et luy dressa des Trophées dignes de sa grandeur, et de son merite. On ne voyoit par tout qu'une infinité de Bannieres, sur lesquelles estoient peintes les Colonnes fabuleuse[s] d'Hercules, avec la devise de Charles V. »

1661. — En marge : « Baptiste Manth. en son Dionisius. Je m'ayde de tout pour embellir Paris. ». — Macé s'inspire ici assez maladroitement de quelques vers de Baptiste le Mantouan, empruntés au poème *De Dionysii Areopagitæ conversione, etc* :

Nam quando Alcides per Iberica littora ad hortos
Transiit Hisperidum, dedit his persistere campis
Parrhasios quosdam, qui florida rura videntes
Sequanicas juxta posuerunt mœnia ripas.

(*OEuvres compl.*, Anvers, 1576, II, fol. 182).

Alors en troys royaulmes qu'il osta
A Gerion, que aux troys corps on appelle,
Veit ce pays. Ce n'est chose nouvelle
Que les vaillans, et specialement
Les rois d'Hespaigne y viennent droictement :
C'est leur chemin. Il avoit quelque troppe
De Parrasins qu'il, afin que je coppe
Trop long discours, leva de Parrasus
En Archadie. Or venu au dessus
D'aulcuns brigans tenans fort en nostre ille
Et regardant ce quartier tresfertile,
Pour le garder y laissa garnison
De Parrasins, l'en prians a raison
Qu'ils estoient las de si longue traynée.
  Premiers ilz ont nostre ille gouvernée
Soubz Herculès, dont nous portons leur nom ;
Le treslong temps n'en a changé, sinon
Quelque durté : Parrasiens est rude ;
Parisiens sent la sollicitude
De noz maieurs d'estre humains mesmement
En leur parler. Ainsi l'on veoit comment
Paris affin est a la vostre Hespaigne,

1669. — L'opinion, qui confond dans une même tradition mythologique, empruntée à Baptiste le Mantouan, Apollon *Parrhasius* (de Pharrasie en Arcadie), Hercule et les *Parisii* se trouve aussi dans Gilles Corrozet, *La Fleur des Antiquitez de Paris* (réimpression de 1532), p. 8-9.

Si toutesfois l'Hespaignol ne dedaigne
Telz vielz amys. » Ainsi il harenguoit,
Et les murs faicts par Jules alleguoit.
L'Empereur lors : « Vrayement, » dit il, « j'alloue
L'affinité, et de vous je me loue ;
Ne m'espargnez, ou je soys pres ou loing ;
Parisien je seray au besoing. »
Sept pieds de long avoit ceste statue
D'argent massif, en escharpe vestue
Saulvaigement d'un cuir a poil doré ;
Viaire, bras, tout y est naturé :
Pour borne en mer deux grans coulonnes plante ;
L'eau en tressault, boullante et escumante,
Et alentour « Plus Oultre » est engravé.
Herculès la façoit quest achevé ;
Tous ses labeurs Charles a passé oultre,
Et des enfance a pour son mot : « Plus Oultre. »

1686. — En faisant allusion à cette prétendue enceinte de Paris, Macé reproduit l'opinion de Jean de Hantville qui, dans son poème l'*Archithrenius*, fait un éloge de la ville de Paris (*Hist. litt.*, XIV, 569-576).

1700. — *Plus oultre* était la devise de Charles-Quint.

VARIANTES ET CORRECTIONS

A = *le ms. d'Aix-en-Provence.*
P = *le ms. de Paris.*

Vers.

31 beau *P.*
66 Loi *A.*
74 De large arcure *P.*
86 quant sans le menasser *A.*
87 estrine *A. P.*
117 esprit *P.*
121 et si *A.*
130 et puis Loches *A.*
144 sainct *P.*
148 tost *mq. P.*
156 en *mq. P.*
165 le tres *P.*
179 or souvent a soy *A.*
252 Lieue alentour *A.*
294 Que les humains *A.*
327 encores *P.*
340 mesmes *P.*
343 voire la *P.*
352 avons *A. P.*
373 Mais moult loing d'eulx *A.*
377 avoit *P.*
387 ses *P.*

Vers.

390 veu *P.*
391 plus *mq. P.*
393 son tout *P.*
395 Moult grand *P.*
397 ou le me *A.*
405 futur *P.*
415 Sans qu'on *P.*
430 tres *mq. A.*
439 Enlevée *P.*
449 Hors du *A.*
466 grande *A.*
468 imperial *A.*
495 eulx mesmes *A.*
497 En une *A.*
511 on aborde *P.*
517 pourtant ne peult *P.*
540 o gente p. *A.*
580 Et comme *P.*
600 Comme *A. P.* — mue *A.*
680 d'arbre *A.*
684 pour *A.*
714 le poura *A.*
726 leurs *P.*

Vers.

831 ou ilz *A.*
845 plusieures *P.*
865 L'heure *A. P.*
869 mesme *A.*
896 du tout *P.*
909 mere *A.*
914 le meit *A. P.*
924 si cerche *A.*
930 ce *A.*
972 et rond *P.*
975 aigles noirs *A.*
1002 lappreau *A. P.*
1033 de la *P.*
1037 ung palmé *P.*
1055 Sur son pilliers *A.*
1084 si *A.* — y *mq. P.*
1136 hault *mq. A.*
1167 en toy *A.*
1169 tu las *A. P.*
1176 de nulz *A.*
1184 Tous nos *P.*
1200 partie *A. P.*
1203 eust *mq. P.*
1214 encore *A.*
1220 que n'en *P.*
1235 en plus *A.*

Vers.

1262 leurs gros *A.*
1266 esté tous jours *A.*
1271 a la *A.*
1278 en *mq. A.*
1282 fort *mq. P.* — heure *P.*
1288 vint *A.*
1302 leur peuple *A.*
1312 et plus tenu *A.*
1332 il *mq. P.*
1368 y a eu *A.*
1385 toute a genoulx *P.*
1390 si veult *A.*
1394 commandement *A.*
1421 noir *P.*
1497 le mieulx *P.*
1544 pendant sus *A.*
1567 la grand *P.*
1585 trentes *A.*
1595 Nostre *A. P.*
1620 estendera *A.*
1635 seure *P.*
1641 chaire *A.*
1673 regarder *P.*
1689 soye *A.*
1692-1700 *mqt. P.*

MOTS ET FORMES ARCHAÏQUES

Abre, *arbre (supprime la première r comme le prouve la rime)*, 1572.
Ahanner, *se fatiguer*, 417.
Anichiler, *réduire à rien*, 646.

Belluyne, *bête féroce*, 808.
Bestion, *petite bête*, 1518.
Bracquemart, *épée courte*, 1543.
Bray, *vase, boue*, 486.

Chevaux *(différents noms donnés aux)* : coursiers, roussins, 459, 1626; bayars, moreaux, grisons, (c.-à-d. *noirs, alezans, gris*), 482.
Circonder, *entourer*, 996.
Colle, *colère, emportement*, 103.
Corpsu, *gros de corps*, 1521.
Corsaige, (*au sens de* corps), 39, 620.

Deiffier, voy. la note du v. 768.
Drappeau, *linge*, 550.

Empieter, (*terme de chasse*), *saisir*, 1003.
Estelle, *(forme savante)*, *étoile*, 1587.

Fatal (Le), *le Destin*, 371, 491, 520.

Genial (Eur), *destinée individuelle*, 609, 865.

Hacbuttier, *arquebusier*, 449.
Hierre (*trisyllab.*), *lierre*, 697.

Idoine, *propice*, 1360.
Illustrité, 1653.
Interroguer, 1554.
Ire, *colère*, 171, 1366.
Jouée, *soufflet*, 548.

Linge, *fin, étroit*, 620.
Luysart, *soleil levant*, 1260.

Meschief, *malheur*, 1381.
Miste, *paré, habillé*, 476.
Mitiguer, 171.
Mommer, *être masqué*, 1270.
Monstre, *exhibition, spectacle*, 256.

Pecune, *argent*, 1376.
Penser, *pendre*, 1544.
Pierrie, *pierrerie*, voy. la note du v. 1516.

INDEX

DES NOMS DE PERSONNES ET DE LIEUX

Les chiffres se rapportent à la numérotation des vers.

C

E

F

G

TABLE DES MATIÈRES

ERRATA

V. 141. feu, *lisez* feue.
V. 609. heure, *lisez* heur.
V. 1565. Vivifié, *lisez* Vivifiée.

PUBLICATIONS de M. Gaston Raynaud

SOUS PRESSE :

Élie de Saint-Gille, chanson de geste publiée pour la *Société des anciens textes.*

Recueil de Motets du XIIIe siècle, comprenant toute la partie française du chansonnier de Montpellier.

Recueil des fabliaux, T. IV.

Œuvres lyriques et dramatiques de Jean Bodel.

DE L'IMPR. DES ÉDITEURS
BONNEDAME ET FILS
A ÉPERNAY

www.ingramcontent.com/pod-product-compliance
Ingram Content Group UK Ltd.
Pitfield, Milton Keynes, MK11 3LW, UK
UKHW020341230726
13925UKWH00003B/908

9 782014 451092